Der Sonntagsmord in Kugelau

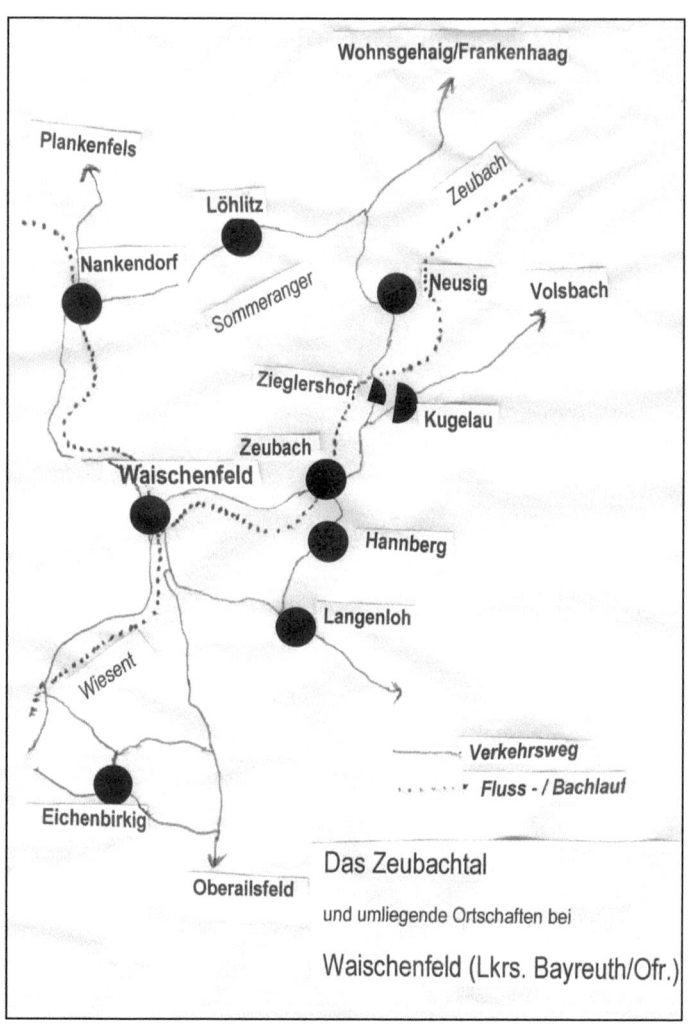

Plankenfels

Wohnsgehaig/Frankenhaag

Zeubach

Löhlitz

Nankendorf

Sommeranger

Neusig

Volsbach

Zieglershof

Kugelau

Zeubach

Waischenfeld

Hannberg

Langenloh

Wiesent

Verkehrsweg

Fluss - / Bachlauf

Das Zeubachtal

und umliegende Ortschaften bei

Waischenfeld (Lkrs. Bayreuth/Ofr.)

Eichenbirkig

Oberailsfeld

Anton Adelhardt

Der Sonntagsmord in Kugelau

*Von einem ungeklärten Kriminalfall aus dem Jahr
1920*

Bibliografische Information der Deutschen Nationalbibliothek

Die Deutsche Nationalbibliothek verzeichnet diese Publikation in der Deutschen Nationalbibliografie; detaillierte bibliografische Daten sind im Internet über http://dnb.dnb.de abrufbar.

© 2016 Anton Adelhardt

Bildnachweis: Pschorn (Titel), Adelhardt (S. 7)

Satz, Umschlaggestaltung, Herstellung und Verlag:

BoD – Books on Demand

ISBN 978-3-8370-2013-7

Das Buch

Die Handlung dieses Buches beruht auf einer wahren Begebenheit.

Am 22. Aug. 1920 wurde die Bauersfrau Kunigunda Adelhardt in ihrem Haus in Kugelau ermordet, während ihre übrigen Familienangehörigen den Sonntagsgottesdienst in Waischenfeld besuchten. Es wurden Bargeld, Schmuck und Fleischwaren geraubt. Der Fall konnte nicht aufgeklärt werden.

Der Autor nimmt natürlich für sich nicht in Anspruch, nach fast 100 Jahren Licht in das Dunkel dieses Geschehens bringen zu wollen oder zu können. Er hat an Fakten gesammelt, was aus Zeitungsberichten, Pfarrmatrikeln, persönlichen Erinnerungen und Erzählungen zu bekommen war. Dann hat er den Faden weitergesponnen und ist zu einer Lösung gekommen. Ob er Recht hat mit seiner Version? Er hat da selbst seine Zweifel.

Er nutzt den Bericht über das damalige tragische Geschehen, um einen Einblick in die Lebens – und Arbeitswelt der Bauern in ihren kleinen Anwesen in der Fränkischen Schweiz zu geben.

„Zu dir, barmherziger Gott, bete ich für die Seele deiner Dienerin Kunigunda, welche so frühzeitig durch räuberische Mörderhand den Martertod erleiden mußte."

(Aus dem Gebet auf dem Sterbebild der
Frau Kunigunda Adelhardt,
geb. 15. März 1867 zu Langenloh
gest. 22. August 1920 zu Kugelau)

Wegkreuz am Zieglershof

Um 1950

Immer, wenn wir als Kinder mit unserer Mutter von Zeubach in das kaum drei Kilometer entfernte Neusig zum Verwandtenbesuch gingen, kamen wir an einer Stelle vorbei, die uns Angst machte, die uns unheimlich erschien. Beim äußeren Ziegler in Kugelau, einem Weiler mit sechs Häusern, stand und steht heute noch ein Feldkreuz. Unsere Mutter hatte uns gesagt, das sei ein Sühnekreuz für ein grausames Verbrechen, das hier vor etwa 30 Jahren begangen worden sei. Mehr erzählte sie nicht, um unsere unschuldigen Kinderseelen nicht zu sehr zu belasten. Für uns Kinder reichte das aber, um mit Schaudern und mit einer Gänsehaut am Rücken an diesem geheimnisvollen Ort vorüber zu gehen. Viel lieber war uns deshalb immer der Wiesenweg auf der anderen Seite des Zeubachs am Waldrand entlang, wenn es dafür nicht zu nass war. Eigentlich wären uns nasse Füße lieber gewesen als das Unheimliche, das uns bei dem Kreuz neben dem Zieglershof jedes Mal überkam.

Später haben wir erfahren, dass das Kreuz aus einem anderen Grund errichtet worden ist. Der Ziegler war in der Zeit um 1910 Halter des gemeindeeigenen Zuchtstieres gewesen. Als er diesen einmal zum Decken einer Kuh aus dem Stall herausführte, konnte sich das wertvolle Zuchttier losreißen. Es rannte auf die umliegenden Wiesen hinaus auf den Wald zu. Der Bauer befürchtete riesige Schadenersatzforderungen, wenn der Stier verloren ginge oder verunglückte. Deshalb verband er seine

Bitten hinauf zu den Heiligen im Himmel mit einem Gelöbnis. Wirklich gelang es mit Hilfe der Nachbarn, den Stier wieder einzufangen und ohne Schaden in den Stall zurückzubringen. Zum Dank errichtete der Ziegler am Weg gegenüber vom Hof das Kreuz.

Was es aber mit der Untat auf sich hatte, erfuhren wir damals nicht. Auch heute liegt noch immer im Dunkeln, was vor fast 100 Jahren auf dem Zieglershof wirklich geschehen ist.

24. August 1920

Der Schultesenbauer aus Neusig saß im schwarzen Anzug mit schwarzem Hut auf dem Kutschbock seines Ackerwagens. Seine beiden Pferde, kräftige Ackergäule, zogen den Wagen mit hängenden Köpfen, als wüssten sie, welch traurige Last sie zu befördern hatten. Der Schultes hatte von seinem Wagen die beiden Leitern entfernt. Auf dem Wagenbrett stand ein schlichter Fichtensarg, geschmückt mit den Blumen der Jahreszeit, Dahlien – Georginen hat man sie hier genannt – aus dem Bauerngarten. Den Sarg hatte der Modelschreiner aus Hannberg gefertigt. Er war der Fachmann dafür.

Hinter dem Fuhrwerk ging eine kleine Trauergemeinde, angeführt vom Mann der Verstorbenen, dem Ziegler von Kugelau, und der Familie. Dann folgten die Neusiger, die Schultesen, die Hanzen, die Hacker, die Schmierleut, die Steffer, die Schwarzhansen, die Schotten und natürlich die Erl, als Wirtsleute schon von Geschäfts wegen verpflichtet. Für die Neusiger war es selbstverständlich, der Verstorbenen das letzte Geleit zu geben, denn erst vor einigen Wochen hatte der Hans, der Sohn des Schultesen – Adam, beim Ziegler in der Kugelau eingeheiratet. So war es für das ganze Dorf Ehrensache, beim Begräbnis seiner Schwiegermutter dabei zu sein. Deshalb hatte es sich der Schultes auch nicht nehmen lassen, mit seinem Gespann den zum Leichenwagen umfunktionierten Ackerwagen zu fahren.

In Kugelau war der Sarg mit der Verstorbenen auf den Wagen gehoben worden. Die Nachbarn, die Bäuerlein, die Schmied und die Spitzer, schlossen sich dem Zug an. Nach ein paar hundert Metern kamen auch noch die inneren Ziegler und die Sperken dazu. Mit dem dumpfen Murmeln des schmerzhaften Rosenkranzes erreichten sie Zeubach. Aus jedem Haushalt schlossen sich Männer und Frauen dem Zug an, den die Glocke der Zeubacher Laurentiuskapelle mit ihrem Geläute vom ersten Haus, dem Kaiser, bis zum letzten, den Schneidersleuten, begleitete.

Nach einer halben Stunde zogen sie an den ersten Häusern der Vorstadt von Waischenfeld vorbei. Hin und wieder war hinter den Vorhängen Bewegung zu sehen. Angeschlossen haben sich die Waischenfelder Städter dem Zug nicht, nur am Gruberseck kamen die beiden Fläschner dazu, denn die Frau Mayer war eine gebürtige Adelhardt aus Zeubach und so mit der Trauerfamilie weitläufig verbunden, also in der Freundschaft, wie man damals sagte. Außerdem kamen einige Leute aus Langenloh dazu, darunter Vater und Mutter der Toten. Die Verstorbene stammte von den Zimmerleuten aus dieser Ortschaft. Sie war eine geborene Haas.

Der Weg des Trauerzugs führte über den Marktplatz, dann aber nicht hinauf zur Pfarrkirche St. Johannes der Täufer und zum Friedhof neben der alten Burg. Waischenfeld war Stadt und die Waischenfelder behaupteten ihr Stadtrecht in jeder Beziehung. Auf dem Friedhof durften nur Städter beerdigt werden und nicht die Bauern vom Umland. Genauso konsequent waren sie beim Schulbesuch der Kinder. Es gab für die Stadtkinder eine eigene Stadtschule, die Kinder der umliegenden Ortschaften gingen in die Landschule.

So zog der Trauerzug durch Waischenfeld und weiter in das drei Kilometer entfernte ländliche und damit angemessene Nankendorf.

Vor der schönen, dem heiligen Martin geweihten Barockkirche hatten sich schon die Bewohner von Nankendorf und Löhlitz versammelt. Männer aus Kugelau und Neusig hoben den Sarg vom Wagen und trugen ihn in die Kirche und setzten ihn vor der Kommunionbank zur Totenmesse ab.

Unter dumpfem Glockengeläute begann der Pfarrer Gerstacker aus Waischenfeld mit dem Requiem - Gesang. In dem bis auf den letzten Platz gefüllten Gotteshaus intonierte dann die Orgel das erste Lied und es erhob sich der starke Gemeindegesang: „Frieden sende Deinen Toten! Wie Du selber uns geboten, unser Vater hör uns flehn."

Besonders beim „Dies irae", dem Gesang über den „Tag des Zornes, Tag der Rache", erhob der Pfarrer seine Stimme, um deutlich zu machen, was die Sünder im Jenseits erwartet.

Nach dem Evangelium leitete er zur Predigt über: „Dieser ruchlose Mord an einer unbescholtenen Bauersfrau, einer treusorgenden Mutter und einer frommen Christin schreit zum Himmel. Wir sind als Christen überzeugt, dass unsere liebe Verstorbene beim Herrn in ewiger Seligkeit Tröstung findet. Wir aber, die wir fassungslos angesichts dieses Verbrechens zurückbleiben, können nur hoffen, dass es unserer Gendarmerie gelingt, diesen feigen Mörder zu finden, der eine liebenswerte, tüchtige und fromme Frau auf dem Gewissen hat. Wenn es der irdischen Gerichtsbarkeit nicht gelingen sollte, ihn zur Verantwortung zu ziehen, so wird er sich dereinst vor dem Richterstuhl Gottes zu rechtfertigen haben. Als Christen wollen wir beten, dass unsere liebe Verstorbene in die Herrlichkeit unseres Herrn eingeht, aber auch, dass der feige Mörder umkehrt und Gnade beim Herrn findet. Amen!"

Bei den letzten Worten des Pfarrers erhob sich ein Murmeln und Murren bei den Gottesdienstteilnehmern, das aber dann bei den folgenden Trauergesängen wieder unterging.

Beerdigung auf dem Nankendorfer Kirchhof

Mit dem abschließenden „Libera" ging das Requiem zu Ende. Darin betet die katholische Kirche schon seit Jahrhunderten darum, die Verstorbenen mögen vor den Toren der Hölle und dem Rachen des Löwen bewahrt bleiben.

Die Männer aus Kugelau und Neusig hoben den Sarg auf ihre Schultern und zogen, gefolgt von einer großen Trauergemeinde, hinauf zum Nankendorfer Friedhof. Dort senkten sie ihre Last in das frisch ausgehobene Grab. Der Pfarrer sprach die gewohnten Gebete, dass die Engel die Verstorbene ins Paradies geleiten mögen, segnete das Grab, besprengte es mit Weihwasser und warf drei kleine Schaufeln mit Erde auf den Sarg in der Grube, dass es beim Aufprall dumpf herauftönte. Dann beteten alle Versammelten gemeinsam ein „Vaterunser" für den aus der um das Grab versammelten Gemeinde, welcher der Verstorbenen als nächster vor das Angesicht Gottes folgen werde.

Alle traten dann nacheinander zu einem kurzen Gedenken an das offene Grab und besprengten den Sarg mit Weihwasser. Unter den ersten war auch die alte Mutter der Toten, die 75 – jährige Zimmerfrau aus Langenloh. In ihrem schwarzen fränkischen Gewand wirkte sie wie eine Prophetin aus dem Alten Testament, als sie, die sich Zeit ihres Lebens krumm und bucklig gearbeitet hatte, sich aufrichtete und mit laut tönender Stimme rief: „Blind soll er werden, der abscheuliche Mörder meiner Tochter! Er hat es nach dieser Tat nicht verdient, Gottes schöne Welt auch noch anzuschauen." Betroffen schwiegen die am Grab Trauernden, als sie diese Verwünschung hörten, aber sie nickten zustimmend mit den Köpfen.

Dann löste sich die versammelte Gemeinde auf dem Friedhof allmählich auf. Viele aus der Trauergemeinde besuchten noch die Gräber von Verwandten oder Nachbarn zu einem kurzen Gedenken im Gebet. Dann gingen sie vom Bergfriedhof wieder hinunter in den Ort.

Am übernächsten Sonntag wurden dann in den Pfarrkirchen von Waischenfeld und Nankendorf die Sterbebilder als Erinnerung an die Verstorbene und als Aufforderung zum Gebet für ihre Seele ausgeteilt.

Jesus ☩ Maria ☩ Joseph ☩
Zur frommen Erinnerung im Gebete
an

Frau Kunigunda Adelhardt

geb. 15. März 1867 zu Langenloh,
gest. 22. August 1920 zu Kugelau.

Gebet.

Zu dir, barmherziger Gott, der du
erbarmest und verschonest aus herzlichem
Mitleid, bete ich für die Seele deiner
Dienerin Kunigunda, welche so frühzeitig
durch räuberische Mörderhand den Mar=
tertod erleiden mußte. Ich bitte dich am
himmlischen Gnadenthrone um Verzeih=
ung für alle Sünden, welche sie be=
gangen hat. O laß deine Güte über sie
walten, damit sie in deiner seligen An=
schauung dich lobe und preise in Ewig=
keit. Amen

Vater unser.   Ave Maria.

Leichentrunk

Verwandte und Nachbarn trafen sich nach der Beerdigung in der Gastwirtschaft „Zum Weißen Lamm" an der Nankendorfer Hauptstraße, die allgemein nur als der „Schorschengorch" bekannt war. Das Wirtshaus war wegen seines süffigen, selbstgebrauten Bieres weit herum sehr beliebt und bekannt für die guten und reichhaltigen Brotzeiten aus eigener Hausschlachtung. Auch jetzt stellte der Wirt Schüsseln mit heißen Knackwürsten und Körben mit kräftigem Bauernbrot auf die Tische und versorgte die Trauergäste mit seinem dunklen Bier.

Beim Essen und Trinken lösten sich allmählich die Zungen und nach und nach begann eine immer lauter werdende Diskussion. Zuerst erhitzten sich die Gemüter über den Pfarrer und seine Fürbitte für die arme Seele des Mörders.

„Lieber tät ich mir die Zunge abbeißen, als für so einen zu beten", sagte die Spitzerin.

„Das kann der wirklich nicht verlangen, dass wir unseren Herrgott bitten, eine solche Freveltat auch noch zu verzeihen", sagte der Bäuerlein unter allgemeiner Zustimmung. Und der Schultesen – Adam fügte noch an, dass er auf einen solchen Pfarrer verzichten könne. Da gehe er gleich gar nicht mehr in die Kirche, als sich solche Zumutungen bieten zu lassen.

Allmählich verlagerte sich der Disput weg vom Pfarrer und seiner Fürbitte hin zum Mörder selbst.

„Die Zimmerfrau hat Recht", sagte der Sperk, „blind soll er werden auf der Stell!"

„Das reicht nicht für so eine Freveltat", warf der Schmied ein. „Leiden soll er. Die Finger, die das Messer gehalten haben, gehören ihm einzeln abgeschnitten, dann noch die ganze Mörderhand."

Dann stritten sie darüber, ob ihm der Kopf abgeschlagen werden sollte oder ob das Hängen die angemessenere Todesart wäre. Blind werden war nicht genug, da waren sie sich alle einig. Er müsste sterben, wie sein Opfer.

Der Schwarzhans hatte die aus seiner Sicht noch schlimmste Qual vor seinem Tod beigetragen: „Bevor er aufgehängt wird, gehört ihm noch sein Ding abgeschnitten und dann muss er mindestens für drei Tage mit ein paar nackerten Weibern eingesperrt werden. Der müsst es am eigenen Leib verspüren, wie es ist, wenn alles aus ist."

Auf einmal wurde es ruhig in der Wirtsstube. Die Diskussionen verebbten zu einem leisen Murmeln. Ein junger Mann war aufgestanden, der Georg Adelhardt aus Zeubach, der Webers – Schorsch, wie er allgemein genannt wurde. Er war erst 21 Jahre alt. Es war noch gar nicht lange her, dass kurz nacheinander sein Vater und seine Mutter verstorben waren. Die ganze Trauergemeinde war bei der Beerdigung vorher am Grab mit den bunten Sommerblumen gleich neben dem Friedhofseingang vorbeigegangen. Viele hatten ein paar Tropfen Weihwasser darauf gesprengt. Der Schorsch musste jetzt mit seiner Schwester, der Retl, die Landwirtschaft betreiben und dazu das Zeubacher Wirtshaus führen.

Als er jetzt aufstand, ging von ihm eine natürliche Autorität aus, die die Versammelten zum Schweigen brachte, ohne dass es einer Aufforderung dazu bedurfte. Wer hier dabei war, wunderte sich nicht, dass der Schorsch schon bald zum Bürgermeister der Gemeinde Hannberg gewählt wurde, obwohl er als Zeubacher im Tal daheim war. Zwischen den Bürgern der Gemeinde herrschte eine, zwar stets friedliche, aber immer vorhandene Rivalität zwischen denn Hannbergern auf der Hochebene und den Talbewohnern in Zeubach, Kugelau und Neusig. Nach der Amtszeit des Webers – Schorsch waren dann auch bis zur Eingemeindung der Gemeinde in die Stadt Waischenfeld nur noch Hannberger Bürgermeister.

Mit ruhiger Stimme fing der Schorsch nun an zu sprechen: „Leute, jetzt wollen wir aber wieder vernünftig werden. Zum Ersten: Wenn ein Pfarrer nicht mehr für eine arme Seele, egal welcher Verfehlung sie sich schuldig gemacht hat, beten darf, dann können wir doch gleich mit unserem christkatholischen Glauben einpacken. Wenn es keinen barmherzigen, verzeihenden Gott gibt, dann erwischt es uns am Ende doch alle, wenn wir ehrlich sind. Und zum Zweiten: Wir haben in den kräftigsten Farben ausgemalt, was der Mörder alles an

Qualen verdient hat, aber wir haben ihn nicht. Die Gendarmerie tappt völlig im Dunkeln. Wenn wir wollen, dass er seiner gerechten Strafe nicht entgeht, dann sollten wir alle, jeder und jede für sich, ganz genau überlegen, was uns in der vergangenen Zeit aufgefallen ist. Wir müssen nachdenken, ob wir verdächtige Personen gesehen haben, ob sich Ungewöhnliches zugetragen hat, was geredet wurde über den Ziegler, seine Frau, seine Familie und seine Geschäfte. Selbst Kleinigkeiten können die Kriminaler zum Ziel führen. Ich meine, wir können alle zur Aufklärung des Verbrechens beitragen. Das ist sicher viel sinnvoller, als dass wir uns ausmalen, wie der Mörder, den wir nicht haben, drangsaliert werden könnte."

Mit diesen Worten erntete er in der Wirtsstube große Zustimmung. Die Männer und Frauen nickten und erhoben sich allmählich. Es wurde Zeit, heim zu gehen, denn das Vieh auf den Höfen musste gefüttert und die Kühe mussten gemolken werden. Der Weg nach Hause war für viele noch weit. Nur der Hann blieb noch sitzen. Als Maurer hatte er keinen Hof und damit auch keine Tiere, die versorgt werden mussten. „Heute zahlt der Ziegler. Da kommt es auf zwei oder drei Seidla mehr auch nicht an", dachte er sich und ließ sich das Bier noch schmecken, bis es dunkel wurde.

1918/1919/1920

Es war eine schwere Zeit nach dem Ende des 1. Weltkriegs. Am 11. November 1918 hatte Deutschland den Waffenstillstandsvertrag unterschrieben. Damit war der Krieg beendet, es war wieder Frieden eingekehrt. Die zum Dienst an der Waffe eingezogenen Soldaten waren, soweit sie die Kämpfe überlebt hatten, wieder in ihre Heimat zurückgekehrt. Doch obwohl die Waffen im Osten wie im Westen endlich schwiegen, herrschten im Land noch lange keine geordneten Verhältnisse.

Der Kaiser war zurückgetreten, Friedrich Ebert war dabei, eine republikanische Ordnung aufzubauen. In Bayern kam es zur Revolution, die Regierung musste von München nach Bamberg flüchten, die Räterepublik wurde ausgerufen und schließlich wurde Ministerpräsident Kurt Eisner ermordet.

Davon bemerkte man im Zeubachtal nicht viel. Eine Zeitung war so gut wie unbekannt. Nur über Hausierer, Viehhändler oder auch zwielichtige Herumtreiber erfuhr man davon, was draußen in der Welt geschah. Die Wirtshäuser waren die wichtigsten Orte, um Kenntnis davon zu erlangen, was sich im Land und in der Welt ereignete.

Man hatte genug zu tun, um mit den ungeordneten wirtschaftlichen Verhältnissen fertig zu werden. Im Land herrschte Hunger. Die im Krieg eingeführten

Bewirtschaftungsmaßnahmen für landwirtschaftliche Erzeugnisse, für die dringend benötigten Lebensmittel also, wurden auch nach Kriegsende fortgeführt. Für die Erzeugnisse der Bauern waren Höchstpreise festgesetzt worden, um die Versorgung der Bevölkerung zu tragbaren Preisen zu gewährleisten.

Wenn der Staat mit solchen Maßnahmen in das Wirtschaftsgeschehen eingreift. entsteht sehr schnell ein „zweiter Markt". Industrie und Gewerbe waren zu Kriegszeiten gefördert worden, besonders wenn sie kriegswichtige Produkte herstellten. Sie produzierten auch jetzt weiter. So gab es auch eine kaufkräftige Bevölkerungsschicht, die bereit war, für Nahrungsmittel über die zugeteilte Ration hinaus auch gute Preise zu bezahlen. Das machten sich gewiefte Händler schnell zu Nutze.

Der Ziegler in Kugelau erfuhr im April 1919 zum ersten Mal von den Möglichkeiten dieses Marktes.

April 1919

Ein Apriltag, wie ihn keiner mag, war zu Ende gegangen. Der Wind hatte den Regen über die Wiesen und Felder gepeitscht. Die Wolken hingen tief und schon früh wurde es Nacht.

Beim Ziegler hatten sie das Vieh versorgt und am Küchentisch das in eine Schüssel mit warmer Milch gebrockte Brot zum Abendessen ausgelöffelt. Die beiden Frauen, die Kuni und ihre Tochter Traudl, waren nach ein paar Worten über die am nächsten Tag anstehende Arbeit und dem gemeinsamen Gebet eines Rosenkranzgesetzes schon zum Schlafen ins obere Stockwerk in ihre Kammern unter dem Dach gegangen. Nur der Ziegler saß noch am Küchentisch und überlegte, auf welchen Feldstücken er Kartoffeln ausbringen und wo er Futterrüben pflanzen sollte. Mit den Rüben könnte er seine vier Kühe im Winter besser mit Futter versorgen, weil er dann zum Heu auch etwas Stroh beifüttern könnte. Auf der anderen Seite könnte er mit mehr Kartoffelanbau ein oder zwei Schweine mehr halten. Schweine brachten in diesen Zeiten gutes Geld.

Als er so vor sich hin sinnierte, begann auf einmal der Hund vor der Haustüre wie rasend zu bellen und an seiner Kette zu zerren. Ein Fremder musste in der Nähe sein. Er hatte sich nicht getäuscht, denn es klopfte auch schon am Küchenfenster.

„Ziegler, mach auf", hörte er eine ihm unbekannte Stimme raunen.

Er ging ans Fenster und öffnete es einen Spalt breit. „Wer ist da?", fragte er ins Dunkle.

„Gut Freund", sagte die Stimme von draußen.

„Was willst?", bellte jetzt der Ziegler hinaus.

„Ein gutes Geschäft möchte ich mit Dir machen", sagte der Fremde. „Lass mich rein."

Der Ziegler nahm die Petroleumlampe vom Tisch und leuchtete zum Fenster hinaus. Er konnte fast nichts erkennen, nur die verschwommenen Umrisse einer Gestalt in einem weiten Mantel und einem breitkrempigen Hut.

„Wie soll ich Dir trauen können?", fragte er den Fremden.

„Ich tu Dir nichts, ich will mit Dir ins Geschäft kommen. Dabei können wir nur beide profitieren. Ich brauch Dich. Deshalb tu ich Dir auch nichts. Soviel Vertrauen musst Du schon haben."

„ Rein lass ich Dich", sagte der Ziegler, „aber dass Du es weißt: meinen Hund nehm ich mit. Wenn Du mir nichts tust, tut er Dir auch nichts. Aber wenn Du mich anpackst oder ich nur 'fass' sag, fährt er Dir an die Gurgel. Er ist ein Schäferhund mit einem Spritzer Wolfsblut drin. Der Schäfer ist für die Wachsamkeit, der Wolf für das Anpacken. Also, komm rein."

Der Ziegler ging vor die Haustüre, beruhigte den Hund, den er Kongo nannte, weil er kohlschwarz war, nahm ihn von der Kette und hielt ihn am Halsband fest. Da löste sich aus der Dunkelheit eine Gestalt und näherte sich. Mit gehörigem Abstand zum Hund, der noch immer knurrte und die Zähne fletschte, ging er mit dem Ziegler in die Küche und sie setzten sich an den Tisch.

„Also, was willst?", fragte der Ziegler.

„Hast Du geräuchertes Fleisch? Ich zahle gut", antwortete der Fremde und legte gleichzeitig ein Päckchen Geldscheine sowie eine Handvoll Ringe, Kettchen und Broschen auf den Tisch. Als der Ziegler das sah, begannen seine Augen gierig zu glänzen. „Einen ganzen Schinken hab ich noch im Rauch, so um die zehn bis zwölf Pfund werden es wohl sein. Was bietest Du mir dafür?"

Der Fremde legte zwei Goldkettchen und 20 Mark auf den Tisch. „Das gehört Dir für das Geräucherte."

„Einen Ring musst noch dazu legen, dann sind wir uns einig", sagte der Ziegler.

„Der Handel gilt. Und das soll nur der Anfang sein. Ich will mit Dir im Geschäft bleiben. Dein Hof liegt dafür ideal. Und verschwiegen, meine ich, kannst Du auch sein."

„Und wer bist Du?", wollte der Ziegler wissen.

„Je weniger Du von mir weißt, umso besser ist es für uns beide. Also her mit der Ware, meine Bezahlung liegt auf dem Tisch", sagte der andere.

Unter den wachen Augen des Hundes, der jede Bewegung des Fremden verfolgt hatte, stand der Ziegler auf und holte aus dem offenen Kamin über dem Küchenherd den geräucherten Schinken und gab ihn dem Fremden, wobei er gleichzeitig Geld und Schmuck einstreifte.

„Das soll es für das Erste gewesen sein. Du wirst es nicht bereuen, mit mir ins Geschäft gekommen zu sein. Sorg nur dafür, dass Du Ware hast. Ums Verkaufen brauchst Du Dir keine Gedanken mehr machen." Nach diesem Angebot gingen sie zur Tür. Der Ziegler hielt den Hund am Halsband fest, bis der Fremde außer Reichweite war, dann band er ihn wieder an der Kette vor der Haustür fest.

Jetzt war auch die Entscheidung für seine Anbauplanung gefallen. Er würde mehr Kartoffeln als Rüben anbauen und damit Schweine füttern. Zufrieden mit sich selbst legte er sich neben seiner Kuni ins Bett.

Dieser Abend war dann wirklich der Anfang einer regen Geschäftstätigkeit zwischen dem Ziegler und seinem unbekannten nächtlichen Besucher. Immer wieder kam er, meldete sich am Küchenfenster, zahlte mit Bargeld oder Schmuck und zog mit Geräuchertem, Presssack oder ganzen Strängen von Knackwürsten in die Nacht davon.

In der aus massivem Holz geschreinerten und mit einem kräftigen schmiedeeisernen Schloss versehenen Truhe im Hausflur sammelte sich so nach und nach ein ganz ordentlicher Bestand an Bargeld und Schmuck an. Der Ziegler hoffte nur, diese schlechten Nachkriegszeiten würden noch lange andauern. Soviel konnte er in normalen Zeiten an seiner Landwirtschaft nie verdienen. Was er nicht ahnen konnte, war, dass diese Geschäfte aus einem ganz anderen Grund schon bald ein Ende finden sollten.

14. September 1919

Es war Sonntag. In Neusig feierten sie Kirchweih. Die Folgen des Weltkriegs waren auch nach einem Jahr noch nicht überwunden. Aber Feste mussten gefeiert werden, auch wenn der Rahmen noch so bescheiden war. Das galt vor allem für die, die an der Front den ganzen Schrecken des Kriegs erlebt und überlebt hatten. In der Wirtsstube beim Erl saßen die Neusiger und ihre Besucher aus den umliegenden Ortschaften. Der Wirt hatte nach der kriegsbedingten Dünnbierzeit für die Kirchweih süffiges Vollbier von der Brauerei Maisel in Obernsees beschaffen können.

Besonders gut schmeckte das Freibier. Geschäftsleute aus der Umgebung wie Schmiede, Müller oder die Inhaber von Maurer – oder Zimmereibetrieben pflegten ihre Kundschaft, indem sie vom Wirt Maßkrüge voll Bier zum allgemeinen Gebrauch auf die Tische stellen ließen. So war die Stimmung in der Wirtsstube mit vielen fröhlichen Leuten prächtig und ausgelassen.

Mit fortschreitender Zeit und damit verbunden steigendem Biergenuss wurden die Leute redseliger, leichtsinniger und lauter. Aus dem allgemeinen Stimmengewirr hörte man auf einmal den Ziegler aus der Kugelau heraus. Immer lauter erklärte er allen am Tisch, wie man in diesen Zeiten wirtschaften müsste: „Säue füttern, das könnt ihr", erklärte er seiner Umgebung am Wirtstisch, „wie man sie aber verkauft, davon habt ihr keine Ahnung. Was glaubt ihr denn, was so eine geschlachtete Sau wert ist, wenn man sie räuchert und stückweise an die richtigen Leute verkauft? Das Zehnfache verdient man, wenn man nicht so dumm ist wie ihr und sie nach Lebendgewicht dem Metzger gibt zu dem Preis, den der Staat bestimmt hat. Handeln muss man können. Ich kann es."

„Du alter Sprüchbeutel", sagte sein Nachbar, der Schmied. „Du hast auch nicht mehr als wir."

„Geh halt mit, dann zeig ich Dir, was ich hab", fuhr ihm der Ziegler in die Rede. „Bares Geld, goldene Ketten, Ringe, Broschen – alles habe ich mir erhandelt. Da kannst Du bloß davon träumen. Ich versteh es halt, Geld zu machen. Da bleibt ihr alle doch bloß arme Draamäusla (Getreidemäuschen)."

„Und hast Du keine Angst, dass das einmal einer holt?", fragte ihn der Steffer.

„Das wär ja noch schöner. Von Euch wird es kaum einer mit mir aufnehmen wollen, da soll erst einmal ein Anderer kommen. Der wird sich umschauen, wenn er es mit mir zu tun bekommt. Und dann hab ich noch meinen Kongo. An dem Hund kommt keiner vorbei. Der hat Wolfsblut. Einen schärferen gibt es in der ganzen Gemeinde nicht. Ich und fürchten – das braucht ihr nicht glauben."

So ging es noch eine Zeit lang hin und her. Keiner beachtete dabei die zwei fremden Männer am Nebentisch, die ohne jede feststellbare Bewegung ihr Bier getrunken haben. Gekannt hat sie niemand, beachtet auch kaum jemand. In diesen Jahren nach dem Krieg kamen viele Unbekannte in die Gegend. Sie kamen und sie verschwanden wieder, ohne dass man groß Notiz von ihnen nahm. Einem aufmerksamen Beobachter wäre aber sicher nicht entgangen, wie sie bei den Schilderungen des Zieglers von seinen Geschäften und den dabei erworbenen Schätzen die Ohren spitzten.

Hoch her ging es aber auch nebenan auf dem Tanzboden über dem Kuhstall des Wirts. Der Model – Schreiner aus Hannberg spielte mit seiner Konzertina zum Tanz auf und die jungen Leute aus der ganzen Gegend ließen sich von seiner Musik anstecken. Ausgelassen tanzten sie Walzer, Polka und Dreher. Ein Paar fiel besonders durch seine Tanzkunst auf, der Schultesen – Hans aus Neusig und die Zieglers – Traudl aus Kugelau. Unermüdlich durchquerten sie den Tanzboden im Takt der Musik, bis auf einmal alle zu fordern begannen: „Auf den Teller, auf den Teller!"

Hans und Traudl konnten sich nicht mehr wehren, sie mussten jetzt allen beweisen, was sie konnten. Aus der Wirtshausküche hatte einer schnell einen Teller besorgt und ihn umgedreht in die Mitte der Tanzfläche gelegt. Hans und Traudl stellten sich mit den Zehenspitzen auf diese winzige Tanzfläche, als der Modl auch schon zu spielen anfing – einen Dreher. Zuerst war das Tempo noch gemäßigt, dann aber wurde es immer schneller. Den beiden gelang es, sich auf dem Teller im Tanz zu drehen, immer schneller, bis der Hans plötzlich aufhörte und mit einem lauten „Jujujuhu" seine Freude herausschrie. Dann sprang er in die Höhe und landete mit aller Wucht auf dem Teller, dass dieser in tausend Scherben zersplitterte.

Der ganze Tanzboden tobte vor Begeisterung über dieses Kunststück, das die beiden jungen Leute abgeliefert hatten. Nur einer schaute gar nicht hin. Der Wilhelm aus Löhlitz saß auf der Bank an der Wand und stierte in seinen Bierkrug. „Das wird nichts mehr mit der Traudl und mir", war seine nüchterne Erkenntnis. Trotzdem begann er zu sinnieren, wie er an dieser Situation vielleicht doch noch etwas ändern könnte. Aber dieser Kirchweihabend in Neusig war für ihn gelaufen, das war ihm klar. Also tröstete er sich mit ein paar weiteren Krügen voll Bier und begann, von einer besseren Welt zu träumen, von Amerika.

April 1920

Es war ein regnerischer Sonntag. Für die Bauern war es selbstverständlich, in die Kirche zu gehen. Manche hatten sich bis vor einiger Zeit vor der Kirchentüre die Zeit vertrieben, bis die Predigt vorbei war. Mit Opferung, Wandlung und Kommunion, waren sie überzeugt, bekämen sie noch genug mit, um ihre Christenpflicht zu erfüllen, auch ohne die langatmige Christenlehre des Pfarrers in seiner Predigt anhören zu müssen. Damit war es jetzt aber vorbei. Vor ein paar Wochen war Pfarrer Gerstacker nach dem Evangelium nicht auf die Kanzel gestiegen, sondern vor die Kirchentür gegangen und hatte den draußen Stehenden gehörig die Leviten gelesen. Eine solche Blamage wollte sich keiner mehr leisten. Da ließen sie schon lieber die Sonntagspredigt von der Kanzel über sich ergehen.

Der Schultes, der in Waischenfeld einige Besorgungen zu erledigen hatte und deshalb nicht seine Pfarrkirche in Nankendorf besucht hatte, und der Ziegler hatten nach dem Gottesdienst vereinbart, am Nachmittag im Wirtshaus in Zeubach einen Tarock zu klopfen. „Holst mich ab, wenn Du von Neusig kommst, dann gehen wir miteinander", hatte der Ziegler gesagt.

Der Schultes tat das nach dem Mittagessen und einem kurzen Schläfchen auch, aber er setzte sich vor dem letzten Stück des Wegs nach Zeubach noch in die Küche zum Ziegler an den Tisch.

„Ich glaub, mit Deiner Traudl und meinem Hans wird es ernst", sagte der Schultes. „Ich hätte nichts dagegen. Deine Kuni und mein Michl verstehen sich seit ihrer Hochzeit vor zwei Jahren auch bestens. Warum sollte es beim Hans und Deiner Traudl anders laufen? Dass sie sich mögen, sehen wir zwei doch auch. Und mit unserem Namen behält Dein Hof auch den Namen Adelhardt."

„Das mit dem Namen gefällt mir auch", war die Antwort des Zieglers. „Aber damit allein ist es noch nicht getan. Mitbringen muss Dein Hans schon ein bisschen mehr. Wir haben ein schönes Anwesen. Die Traudl ist ein sauberes Weibsbild. Sie ist eine gute Partie. Da muss schon noch etwas dazukommen."

„Das hab ich mir schon gedacht", sagte der Schultes, „dass es bei Dir darauf hinausläuft, Du alter Geschäftemacher. Aber daran soll es nicht scheitern. Ich brauch es Dir nicht zu sagen, das weißt Du selber, dass wir uns mit unserem Hof nicht verstecken müssen. Und der Hans ist ein richtig Tüchtiger. Die Landwirtschaft hat er im Blut, im Stall genauso wie im Feldbau. Ein gutes Gemüt hat er auch. Das hat ihm nicht einmal der Krieg verdorben. Die Traudl kriegt da wirklich den Richtigen. Und lumpen lass ich mich auch nicht. Am Kammerwagen hängt noch eine Kuh dran und 500 Mark bringt er auch noch mit."

„Das hört sich nicht schlecht an. Am besten wär es natürlich, wenn neben der Kuh noch ein Kalb läuft."

„Du alter Halsabschneider", sagte der Schultes, „aber davon soll das Glück unserer jungen Leute nicht abhängen. Einverstanden! Aber eines muss noch klar sein: wenn mein Hans bei Dir im Haus ist, muss Schluss sein mit Deinen Geschäften. Alles, was so zwischen Dunkel und Siehst – mich – nicht läuft, muss vorbei sein. Haben wir uns verstanden?"

„Einverstanden!" sagte der Ziegler und sie schlugen miteinander ein. Zufrieden gingen sie miteinander zum Tarocknachmittag ins Zeubacher Wirtshaus.

Unterwegs wollte der Ziegler seine Geschäfte rechtfertigen. Er nehme keinem Menschen etwas weg und seinen Ablieferungsverpflichtungen komme er zu hundert Prozent nach. Wenn es Leute gebe, die für gute Ware mehr zu zahlen bereit wären, warum sollte er diese Geschäfte nicht machen, meinte er. Aber der Schultes war nicht zu überzeugen. „Ein Geschäft, das man nicht bei Tageslicht abwickeln kann, taugt nichts", sagte er. Damit war dieses Thema für beide beendet.

Eine Woche später

Das Wetter war besser geworden, die Sonne hatte die Oberhand gewonnen. Es waren arbeitsreiche Tage. Die Felder mussten für das Ausbringen der Kartoffeln und das Rübenpflanzen hergerichtet werden. Die Frauen bereiteten vor dem Keller die Pflanzkartoffeln vor.

Am Sonntag kam der Hans beim Heimweg von der Kirche beim Ziegler vorbei, um sich mit der Traudl, die mit ihrer Mutter das Mittagessen kochte, zu treffen. Sie wussten, dass sich ihre Väter geeinigt hatten und so einer Heirat nichts mehr im Weg stand. Sie hatten da viel zu bereden. Als es auf Mittag zuging, verabschiedete sich der Hans. Die Traudl ging mit ihm noch auf den Hof hinaus.

„Jetzt müssten wir aber auch noch wissen, ob wir zwei überhaupt zusammenpassen", flüsterte sie ihm ins Ohr und wurde dabei ein wenig rot.

„Das wird sich feststellen lassen", sagte der Hans und ging heim nach Neusig.

Am Nachmittag nach der Andacht in der Pfarrkirche gingen der Hans und die Traudl nicht mit den anderen zum Gruber ins Wirtshaus, sondern liefen miteinander über den Zeubacher Berg zum Sommeranger, einem größeren Waldstück am Berghang gegenüber von Kugelau. In einer sonnigen Waldlichtung setzten sie sich ins weiche Moos und beschäftigten sich ausgiebig miteinander. Als sie dann Hand in Hand miteinander heimwärts gingen, waren sie sich sicher, dass sie wirklich gut zusammenpassten.

Was sie aber nicht wussten: sie waren beobachtet worden. Der Wilhelm aus Löhlitz war ihnen heimlich nachgeschlichen und hatte alles gesehen, was auf der Waldlichtung vorgegangen war. Er war außer sich. Es war eine Mischung aus Wut, Enttäuschung und Verzweiflung. Die Traudl war für ihn endgültig verloren, das hatte er in aller Deutlichkeit zu sehen bekommen. Mit hängendem Kopf ging er in die andere Richtung davon, heim nach Löhlitz. Dort tröstete er sich beim Wirt mit drei Maß Bier. Trotzdem hat er in dieser Nacht kaum ein Auge zugemacht, sondern ernsthaft begonnen, Pläne vom Auswandern nach Amerika zu schmieden. Wie schon viele aus der Umgebung könnte er dort doch auch sein Glück machen und vielleicht auch die passende Frau finden.

19. Mai 1920

Es war gegen 8 Uhr am Abend und es begann schon zu dämmern. In der Zeubacher Wirtsstube saßen nur drei Einheimische am Tisch bei ihrem Bier, der Hofbauer, der Mäuerers – Schwarz und der Schuster. Bei ihnen saß der Wirt, der Wertsschorsch, der mit wachsendem Unbehagen zum Nachbartisch schaute.

Dort tobte sich ein Auswärtiger lautstark aus. Er war bekannt im Dorf, ein Viehhändler aus Aufseß. Er machte ab und zu Geschäfte mit den Bauern aus dem Zeubachtal. Man kannte ihn nur als den Aufseßer Max, einen reellen, wie sie sagten, Händler.

Heute aber war er außer sich. „Das wird er mir büßen, der Ziegler", brüllte er zu den vier Zeubachern herüber. „Beschissen hat er mich. Aber das macht man nicht mit mir. Das wird er noch bereuen!"

„Was regst Dich denn so auf? Was ist denn passiert?", fragte der Hofbauer.

„Beschissen hat er mich", tobte der Max, „eine trächtige Kalbin hab ich ihm abgekauft für gutes Geld, aber die war leer. Mit Klee hat er sie angefüttert, dass sie einen Mordsranzen gehabt hat, aber trächtig war sie nicht. Da ist das letzte Wörtlein noch nicht gefallen. Ich hol mir, was mir zusteht."

„Jetzt bleib einmal ruhig", mischte sich der Wertsschorsch ein. „Gekauft wie geschaut, ist ein alter Grundsatz beim Viehandel."

„Halt doch Du Dein Maul und red nicht über Sachen, von denen Du nichts verstehst", fuhr ihm der Max in die Rede. „Du kennst vielleicht den Unterschied zwischen einem Seidla und einer Maß Bier, aber vom Viehhandel verstehst Du nichts."

Der Max war nicht zu beruhigen.

„Das schwöre ich Euch, ich verschaffe mir mein Recht, notfalls auch mit Gewalt. Der Ziegler ist mir nicht gewachsen. Ihr werdet Euch noch wundern."

Er sagte es, warf 20 Pfennige für sein Bier auf den Tisch und verschwand.

Die vier Männer saßen betroffen da und konnten nur die Köpfe über diesen Wutausbruch schütteln.

Hochzeitsvorbereitungen

Nachdem der Schultes und der Ziegler und mit ihnen auch ihre Bäuerinnen mit der Heirat von Hans und Traudl einverstanden waren und die jungen Leute auch überzeugt waren, dass sie gut zusammenpassten, wurde die Hochzeit konkret geplant.

Sie verständigten sich gemeinsam auf einen Termin Ende Juni, wenn die Heuernte erledigt war und die Getreideernte noch nicht anstand. In dieser etwas arbeitsärmeren Zeit wollten sie ein schönes Hochzeitsfest feiern.

Hans und Traudl mussten zuerst zum Bürgermeister und zum Stadtpfarrer, um ihren Ehewillen anzuzeigen. Sowohl bei der Gemeinde für die bürgerliche als auch von der Pfarrei für die kirchliche Trauung musste das Aufgebot bestellt werden. Das bedeutete, dass in den öffentlichen Informationskästen in den einzelnen Ortschaften der Gemeinde und in den Kirchen der Pfarreien Waischenfeld und Nankendorf Zettel angeschlagen wurden, mit denen die Heiratsabsicht der beiden Brautleute öffentlich gemacht wurde. Die Bevölkerung wurde damit aufgefordert, ein eventuelles Ehehindernis, z.B. eine bereits bestehende Verlobung mit einer anderen Person, kundzutun. Vier Wochen waren für diesen öffentlichen Aushang vorgeschrieben.

Beim Pfarrer wurde gleichzeitig auch ein Brautgespräch vereinbart, in dem die Brautleute auf das Wesen einer christlichen Ehe, vor allem auf ihre Unauflöslichkeit, hingewiesen wurden. Außerdem spielte die Belehrung, die Kinder aus dieser Ehe anzunehmen und im katholischen Glauben zu erziehen, eine wichtige Rolle bei diesem Gespräch.

Beim Schultes in Neusig wurde die Mitgift für den Hans zusammengestellt. Beim Ziegler plante man die Ausrichtung der Hochzeitsfeier. Ein besonderes Brautkleid brauchte die Traudl nicht, denn damals heiratete man ganz selbstverständlich in der schönen fränkischen Tracht mit einem dunklen, weiten Rock, einem mit Rüschen und Borten verzierten gleichfarbigen Kittel und einer mit bunten Blumen bestickten, ebenfalls schwarzen Schürze aus Seide. Den Brautkranz hatten schon ihre Mutter und Großmutter getragen.

Beim Ziegler stand die Versorgung der Hochzeitsgesellschaft im Vordergrund. Als Termin für die Trauung hatte man sich auf Montag, den 28. Juni, geeinigt. Damit stand der Samstag davor als Schlachttag fest. Wegen der damals noch beschränkten Kühlmöglichkeiten durfte zwischen dem Schlachten des Schweins und dem Verbrauch kein zu langer Zeitraum liegen. Daraus ergab sich der Samstag als der beste Termin dafür.

Im Stall stand ein schlachtreifes, fast drei Zentner schweres Schwein. Statt in Form von Würsten oder Geräuchertem im Rucksack des unbekannten Händlers zu verschwinden, sollte es als Festtagsbraten oder zu Bratwürsten verarbeitet auf dem Tisch der Hochzeitsgesellschaft landen.

Als Metzger würde wieder der Kaiser aus Zeubach kommen, ein bewährter Hausmetzger, der dafür bekannt war, dass er das Würzen der Würste meisterhaft verstand.

Die Frauen aus der Nachbarschaft boten selbstverständlich ihre Hilfe beim Backen und Kochen an. Sie verständigten sich darauf, am Freitag vor der Hochzeit die Küchla und einige Kuchen zu backen, denn beides war bei einer richtigen Bauernhochzeit unverzichtbar.

Neben den gewohnten Arbeiten auf den Bauernhöfen, der Heuernte und dem Kartoffel – und Rübenhacken, sowie dem täglichen Versorgen des Viehs liefen die Hochzeitsvorbereitungen planmäßig ab, bis kurz vor der Hochzeit eine Hiobsbotschaft beim Ziegler eintraf.

Es war der Dienstag in der Woche vor der Hochzeit, als der Hans, der älteste Bub vom Kaiser aus Zeubach, gegen Abend auf den Zieglershof kam. „Ich soll Euch ausrichten, dass der Vater am Samstag nicht schlachten kann. Er ist beim Heuaufschichten im Stadel vom Heustoß heruntergefallen und hat sich den Arm gebrochen", sagte er.

Dem Ziegler entfuhr ein Fluch, der hier nicht wiedergegeben werden kann.

„Jetzt ist guter Rat teuer", sagte er dann.

Der Kuni fiel etwas ein: „In Waischenfeld, da ist doch der Lenz in der Vorstadt. Er ist ein gelernter Metzger, hat aber keine feste Anstellung. Bei meiner Verwandtschaft in Langenloh hat er schon geschlachtet. Sie haben ihn sehr gelobt. Er arbeitet sauber, versteht sich aufs Würzen und macht eine gute Wurst. Vielleicht sollten wir ihn fragen, ob er Zeit hat", schlug sie vor.

„Bei der knappen Zeit wird uns nichts Anderes übrig bleiben", meinte der Ziegler. „Gleich nach der Stallarbeit lauf ich nach Waischenfeld und rede mit ihm."

Als er gegen 10 Uhr heimkam, war es schon dunkel. Auf den Erfolg, dass er für den Samstag einen Metzger hatte, musste er auf dem Heimweg im Zeubacher Wirtshaus doch eine Maß Bier trinken.

Am Freitag kam die in Neusig verheiratete Schwester der Traudl, die Kuni, mit ihrer Schwiegermutter, der Schultesenbäuerin, zu ihrer Mutter auf den Zieglershof. Die Schmiedin und die Spitzerin aus der Nachbarschaft waren auch schon da. Gemeinsam machten sie sich ans Küchlabacken und die Herstellung von Kuchen und Torten. Alles gelang ihnen vorzüglich, wie es sich halt für eine Hochzeit gehört.

Am Samstag in der Früh um 5 Uhr war auch der Lenz aus Waischenfeld da. Das Schlachten der Hochzeitssau verlief zügig. Am frühen Nachmittag waren Würste und der Presssack fertig. Das Fleisch war zerlegt und in Portionen aufgeteilt. Der Lenz wollte am Montag, dem Hochzeitstag selbst, in der Frühe noch einmal vorbeikommen und für die Feier frische Bratwürste herstellen, da diese nicht über das Wochenende im Keller liegen sollten, weil dort nicht die nötige Kälte für diese empfindliche Spezialität vorhanden war.

Etwas Ungewöhnliches hatte sich an diesem Tag zugetragen. Der Lenz hatte dem scharfen Hofhund einige für den menschlichen Verzehr nicht geeignete Schlachtabfälle zugeworfen. Da wurde der Kongo richtig zutraulich zum Metzger. Er ließ sich von ihm streicheln und schleckte ihm sogar noch die Schuhe ab.

Am Montag sollte sich dieses zutrauliche Verhalten des Hundes zum Lenz wiederholen.

Die Hochzeitsfeier

Am Samstag gegen Abend kam aus Neusig der Kammerwagen auf den Zieglershof. Der Schultes hatte auf den mit seinen Pferden bespannten Leiterwagen eine Bettstatt für zwei mit prallgefüllten Kissen und Federbetten geladen, dazu eine geschreinerte und bunt bemalte Wiege.

Angehängt am Wagen lief eine gutgenährte, rotgescheckte Kuh mit einem Kalb an der Seite.

Vor dem Kammerwagen ging ein junger Neusiger, der auf einer Ziehharmonika lustige Melodien spielte.

Dem Wagen folgte die Schultesenbäuerin mit dem Hans, dann der Michl mit seiner Kuni. Dahinter kamen Neusiger Buben und Mädchen, denn nach der Ankunft in Kugelau gab es frischgebackene Küchla, für die Erwachsenen dazu ein Bier und sogar einige Gläser Wein.

Fröhlich gingen dann alle wieder heim, auch der Hans. Sie mussten ja schon früh aufstehen, denn es stand der Sonntagskirchgang an.

Der Hochzeitstag war ein strahlend schöner Junitag.

Beim Ziegler wurde wie an jedem Tag nach dem Aufstehen die Stallarbeit verrichtet. Dann war um 6 Uhr der Lenz eingetroffen, freudig begrüßt vom Kongo. Er richtete sich in der Küche alles, was er für die Herstellung der Bratwürste brauchte und begann sofort mit seiner Arbeit. Bratwürste waren damals besonderen Anlässen vorbehalten wie einer Kindstaufe oder eben einer Hochzeit.

Bereits um 8 Uhr war der Schultes mit seiner auf Hochglanz polierten Kutsche in Kugelau vorgefahren. Er holte die Braut mit ihren Eltern ab und brachte sie in Neusig zum Bürgermeister Wolf, dem Nachbarn des Schultesen.

Dort wartete bereits der Hans. Die standesamtliche Trauung wurde in der guten Stube des Bürgermeisters vorgenommen. Die Väter von Braut und Bräutigam fungierten, wie auch anschließend in der Kirche, als Trauzeugen.

Frisch vermählt nahm nun das Paar in der Kutsche Platz, ihnen gegenüber die Zieglerin und die Schultesenbäuerin. Der Schultes und der Ziegler saßen auf dem Kutschbock.

So fuhren sie von Neusig am Zieglershof vorbei durch Zeubach nach Waischenfeld. Dort stiegen sie am Marktplatz aus der Kutsche aus und zogen zusammen mit den dort bereits versammelten Verwandten hinauf zu der dem heiligen Johannes dem Täufer geweihten Pfarrkirche.

Pfarrer Gerstacker nahm die Trauungszeremonie vor und zelebrierte das feierliche Brautamt.

Anschließend wurde daheim auf dem Zieglershof gefeiert. Die Nachbarinnen hatten gekocht. Der Braten vom frisch geschlachteten Schwein schmeckte ganz vorzüglich.

Dem Festessen sprachen alle tüchtig zu. Dazu gab es Bier, das der Zeubacher Wertsschorsch, der als Cousin des Bräutigams zur Hochzeitsgesellschaft gehörte, mitgebracht hatte. Sein Bier, das er vom Brauer Walch aus Muggendorf bezog, wurde in der ganzen Gegend als besonders gut gelobt. Er ließ es immer mindestens zwei Wochen, bevor es zum Ausschank kam, liefern und lagerte es in seinem aus dem Stein herausgehauenen Felsenkeller am Zeubacher Bergweg ein. Durch das Ruhen in diesem Klima gewann das Bier zusätzlich an Geschmack. Der Brauer musste sich immer wieder gegen die Vorwürfe seiner anderen Wirte wehren, er liefere dem Zeubacher Wirt besseres Bier. Das Geheimnis war aber nichts Anderes als die Lagerung im Felsenkeller.

Nach dem Essen ging die Hochzeitsfeier fast nahtlos zum Kaffetrinken mit Küchla, Kuchen und Torten über. Dann wurde es Zeit für die Stallarbeit. Die meisten Gäste gingen heim und versorgten ihre Tiere.

Nach getaner Arbeit kamen alle wieder zurück. Jetzt gab es die Bratwürste mit Kraut, dazu reichlich Bier. Schließlich stellte der Wertsschorsch seine Zither auf den Tisch und unterhielt die Hochzeitsgäste mit Operettenmelodien und bekannten Liedern zum Mitsingen. Bei bester Unterhaltung verging die Zeit wie im Flug. Kaum einer wollte es glauben, dass es schon auf Mitternacht zuging, als sich die Gesellschaft schließlich auflöste. Ein schönes Fest war vergangen. Der Hans verbrachte seine erste Nacht auf dem Zieglershof, seiner neuen Heimat, und die Traudl half ihm beim Eingewöhnen.

Am nächsten Tag kehrte überall wieder der Alltag ein. Beim Ziegler wurde aufgeräumt. Beim Mittagessen gab es noch von dem, was vom Vortag übrig geblieben war. Dann begann wieder der normale Tagesablauf mit den Arbeiten in Haus und Stall, auf den Feldern und Wiesen.

Drei Tage nach der Hochzeit, am Donnerstag nach Einbruch der Dunkelheit, klopfte es wieder am Küchenfenster.

„Ziegler, mach auf, ich bin es", war, begleitet vom heftigen Bellen des Hundes, zu hören.

Der Ziegler aber machte nicht die Tür, sondern nur das Fenster auf und sagte zu seinem gewohnten, aber immer noch unbekannten Besucher: „Aus ist es mit den Geschäften. Ich höre auf. Du bekommst nichts mehr von mir", sagte er in aller Deutlichkeit.

„Ich glaube, du spinnst", antwortete der Andere. „So gute Geschäfte wie mit mir machst du nie mehr".

„Das ist mir egal", sagte der Ziegler. „Dein Geld brauch ich nicht mehr. Ich hab jetzt einen tüchtigen Schwie-

gersohn. Wir kommen auch ohne Dich und Deine Geschäfte aus".

„Wenn das dein Ernst ist, Ziegler, dann wirst du das
noch bitter bereuen. Das schwöre ich dir. So einfach lass
ich mich nicht abservieren. Nur dass ich es Dir gesagt
habe."

Dann verschwand er in der Dunkelheit. Über so viel
Dummheit konnte er nur den Kopf schütteln.

22. August 1920

Es war ein Sonntag wie jeder andere auch. Beim Ziegler war man, wie gewöhnlich an Sonntagen, um ½ 5 Uhr aufgestanden. Die Kuni, die Zieglersbäuerin, machte Feuer im Herd und stellte einen großen Topf voller Kartoffeln für die Schweine darauf.

Dann bereitete sie sonst alles im Haushalt für den Tag vor. Milch musste für das Frühstück vor dem Kirchgang heiß gemacht werden. Kartoffeln waren für die Klöße zum Mittagessen zu schälen, Gemüse aus dem Garten zu holen. Sie hatte noch viel zu tun, um bis zum Kirchgang fertig zu werden, denn sie hatte eine Dreiviertelstunde bis nach Waischenfeld zu gehen und die Frühmesse begann bereits um 7 Uhr.

Die Männer und die Traudl gingen in den Stall. Der Ziegler fütterte die Kühe und das Jungvieh. Dazu musste er das am Vortag auf der Wiese gemähte Gras aus der Scheune holen, wo sie es auf der Tenne ausgebreitet hatten, damit es sich nicht erwärmte. Der Hans beförderte den Mist in die Grube vor der Haus – und Stalltür und sorgte für die frische Einstreu. Die Aufgabe der Traudl war es, die Kühe zu melken, die Kälber zu tränken, die gemolkene Milch durch die Zentrifuge zu drehen. Sie brauchte die Magermilch, um damit zusammen mit den gedämpften Kartoffeln die Schweine zu füttern. So hatten sie tüchtig zu arbeiten, um gegen 6 Uhr zum gemeinsamen Frühstück fertig zu sein. Dann mussten die beiden Frauen schon weggehen, um rechtzeitig zum Gottesdienst in Waischenfeld zu kommen.

Heute war es ein bisschen anders. Die Traudl hatte gesehen, dass ein Kalb nicht ganz in Ordnung war. Es hatte die Tränke verweigert und es schien, als ob der Körper des Tieres etwas aufgebläht wäre. Die Traudl holte die Männer zu Rate. Diese waren der Meinung, dass man etwas für das Tier tun müsste. Das bewährte Hausmittel in solchen Fällen war ein Kümmeltee.

Die Kuni sagte deshalb beim Frühstück, sie werde alleine in die Frühmesse gehen. Die Traudl solle sich um das Kalb kümmern und mit den Männern um 9 Uhr in die Kirche gehen. Mit dem Mittagessen werde sie schon alleine fertig und die paar Hemden, Hosen und Schürzen könnten sie auch noch am Nachmittag bügeln.

So machten sie es auch. Die Traudl kochte einen kräftigen Kümmeltee und flößte ihn dem Kalb mit einer Flasche ein. Die beiden Männer halfen ihr dabei und hielten das Kalb fest, das sich diese Behandlung nicht gefallen lassen wollte. Sie schafften es, dem Tier etwa einen Liter der Flüssigkeit einzugeben. Schon nach einer Viertelstunde trat eine sichtbare Besserung ein. Das Kalb legte sich auf das Stroh in seiner Stallboxe und schlief ganz ruhig. So konnten sich die drei kurz nach 8 Uhr beruhigt auf den Weg zum Kirchenbesuch in Waischenfeld machen.

In Zeubach unterhalb vom Wirtshaus begegneten sie der Kuni, die mit der Zeubacher Schusterin auf dem Heimweg war. Sie berichteten ihr von der Besserung beim Kalb. Sie solle aber auf alle Fälle einmal nachschauen. Dann gingen sie weiter, die Kuni heim zum Kochen, die anderen drei zum Sonntagsgottesdienst in die Waischenfelder Pfarrkirche. Niemand wäre auf den Gedanken gekommen, dass sie hier die letzten Worte miteinander gewechselt hatten.

Als der Ziegler, seine Tochter und der Schwiegersohn weitergingen, sahen sie vor sich den Mühlmann und den Hofbauern, die das gleiche Ziel hatten. In der Waischenfelder Kirche gingen die Männer auf der linken Seite auf die untere Empore, denn diese Seite gehörte traditionell den Männern von den umliegenden Dörfern, die Waischenfelder gingen auf die obere Empore. Die Frauen hatten ihre Plätze unten im Kirchenschiff. Dort suchte sich auch die Traudl ihren Platz.

Pfarrer Gerstacker predigte wie immer sehr wortgewaltig, was aber viele Kirchenbesucher nicht von einem kurzen Schläfchen abhalten konnte. Da schreckten sie schon eher auf, als plötzlich der Orgel mitten im Lied mit einem jaulenden Ton die Luft ausging. Der Blasbalgtreter hinter dem Instrument hatte zu spät bemerkt, dass der Balg leer zusammengesunken war. Der jämmerliche Ton und ein ganz und gar nicht zum heiligen Raum passender Fluch des Oberlehrers am Spieltisch brachten ihn ganz schnell wieder dazu, mit kräftigen Tritten für den notwendigen Luftdruck zu sorgen, dass die Kirchenbesucher ihr „O mein Christ, lass Gott nur walten" mit Orgelbegleitung weitersingen konnten.

Nach dem Gottesdienst gab es noch das eine oder andere Gespräch mit Bekannten, zuerst vor der Kirche, dann noch drunten auf dem Marktplatz. Die Drei aus der Kugelau gingen gegen ½ 11 Uhr über die Wiesentbrücke, dann durch die Vorstadt, später durch Zeubach heim.

Als sie vom Weg zum Haus hinaufgingen, sagte die Traudl: „Schaut einmal, ich glaube, wir haben Besuch. Der Hund ist zurückgehängt." Der Ziegler war als erster bei der Haustür, öffnete sie, um zu schauen, wer wohl seiner Frau beim Kochen Gesellschaft leistete.

Als er in den Flur blickte, erstarrte er. „Heiliger Gott", war alles, was er herausbrachte. Verstört taumelte er mit entsetzter Miene zurück. Nicht anders ging es dem Hans und der Traudl, als sie am Vater vorbeischauten. Vor ihnen lag die Zieglerin in einer Blutlache. Die grässliche Schnittwunde am Hals und das viele Blut machten ihnen sofort klar, dass es für die Kuni keine Hilfe mehr gab. Wie gelähmt blieben sie vor der Haustüre stehen, keines Wortes und keines klaren Gedankens mächtig vor dieser Ungeheuerlichkeit, die geschehen war.

Die Traudl wäre fast zusammengebrochen, als sie ihre Mutter in ihrem Blut liegen sah. Ein heftiger Weinkrampf erfasste sie. Fassungslos vor Schmerz und Entsetzen sank sie auf der Hausbank zusammen.

Der Hans, der im Krieg schon viel an Grausamen hatte sehen und erleben müssen, fasste sich als erster. „Rührt nichts an, verändert nichts", sagte er, „ich laufe zur Gendarmerie nach Waischenfeld." Schnell nahm er noch seine Traudl in den Arm. „Geh rüber zum Bäuerlein oder zum Schmied. Du musst Dir diesen Anblick nicht länger antun", wollte er ihr raten. „Nein", sagte sie kategorisch, „ich lass jetzt den Vater nicht allein."

Der rief dem Hans noch nach, als er schon den Hof verließ: „Schau in Zeubach beim Kaiser vorbei, der hat ein Fahrrad, dann geht es vielleicht schneller." Aber dieser lief schon, so schnell er konnte, in Richtung Stadt.

Er brauchte für die Strecke, die normalerweise eine Dreiviertelstunde erforderte, knapp 25 Minuten. In der Gendarmeriestation, die im Rathaus untergebracht war, berichtete er vom Verbrechen in Kugelau.

An diesem Sonntagen hatte der Leiter der Gendarmeriestation, Gendarmeriewachtmeister Wilhelm Hagel, selbst Dienst. Er schickte den Hans, als der vom Geschehen in Kugelau berichtet hatte, sofort weiter in die Sutte, wo gleich neben der Stadtkapelle sein Kollege, Gendarmeriewachtmeister Ott, wohnte. Der sollte sofort in die Dienststelle kommen. Dann sollte der Hans gleich noch die 50 Meter weiter zum Bender, der für die Gendarmerie Fuhrdienste leistete, laufen. Der solle sofort seine Pferde einspannen und mit der Kutsche am Rathaus vorfahren. Nach einer knappen Viertelstunde saßen der Gendarm Ott und der Hans im Gefährt und die Pferde liefen im scharfen Trab durch das Zeubachtal nach Kugelau.

Wachtmeister Hagel hatte im Rathaus sofort telefonisch die Kriminalpolizei in Bayreuth alarmiert und die erforderlichen Angaben übermittelt. Dort wollte man sich sofort nach Kugelau aufmachen.

Als Gendarm Ott und Hans in Kugelau ankamen, fanden sie alles so vor, wie es der Hans verlassen hatte. Nur neben der Traudl, die schreckensbleich auf der kleinen Bank vor der Stalltür saß, unfähig, einen klaren Gedanken zu fassen, war jetzt auch ihre Schwester Kuni aus Neusig. Sie legte ihr den Arm um die Schulter. Der Ziegler hatte den Neusiger Hacker, der ausnahmsweise nicht in Nankendorf, sondern in Waischenfeld die Kirche besucht hatte, beim Vorbeigehen zugerufen, er solle beim Schultes sagen, die Kuni müsse alles stehen und liegen lassen und kommen. Es sei wegen ihrer Mutter.

„Was ist denn mit ihr?" wollte der Hacker wissen.

„Frag nicht! Tu, was ich Dir sag", herrschte ihn der Ziegler an.

Eine halbe Stunde später war die Kuni da. Zitternd vor Entsetzen saß sie jetzt neben der Traudl. Die Tränen liefen den beiden jungen Frauen wie Bäche aus den geröteten Augen. Ihre Mutter so vorzufinden – etwas Entsetzlicheres konnten sie sich nicht vorstellen.

Der Ziegler hatte sich auf der Hundehütte vor der Haustür niedergelassen. Er ging mit dem Hund ins Gericht: „Wie hast du das zulassen können? Warum halte ich dich überhaupt, wenn du nicht einmal in so einem Fall aufpassen kannst? Du verdienst wirklich nicht das Futter, das wir dir geben." Der Kongo hörte ihm zu, konnte ihm aber auch keine Antwort auf seine Fragen geben.

Der Gendarm nahm kurz den Tatort in Augenschein und schickte den Bender mit der Kutsche zurück nach Waischenfeld. Er sollte sofort den dort praktizierenden Arzt Dr. Lenhard abholen und an den Tatort bringen. Auch wenn offensichtlich jede ärztliche Hilfe vergeblich war, musste doch die Todesursache der Zieglerin amtlich festgestellt und der Totenschein ausgestellt werden. Dann beschränkte er sich in Erwartung der Kollegen von der Kriminalpolizei darauf, aufzupassen, dass nichts verändert wurde.

Nach etwa 1 ½ Stunden, es war inzwischen etwa 2 Uhr geworden, hörten sie in der Ferne ein hier fast noch unbekanntes Geräusch, den Motor eines Automobils. Die Beamten der Bayreuther Kriminalpolizei übernahmen den Fall. Fast gleichzeitig mit den Beamten kam auch der Bender mit Dr. Lenhard in der Kutsche zurück.

Exkurs

Der Mord in Kugelau am 22. August 1920 fiel in eine auch für die bayerische Kriminalpolizei sehr turbulente Zeit. In den Monaten der Räterepublik und der Wirren nach der Ermordung von Ministerpräsident Kurt Eisner wurden die Kämpfe der politischen Lager immer heftiger. Die Staatsregierung unter Ministerpräsident Hofmann musste von München nach Bamberg fliehen.

In München wurde die Polizei außer Dienst gestellt und durch die Revolutionäre zur Herausgabe ihrer Waffen gezwungen. Erst im Jahr 1920 wurden wieder Anwärter für den Polizei – und Kriminaldienst eingestellt. Im August 1920 wurde ein neu geschaffener Kriminaldienst eingeführt und entsprechend seiner Aufgabenstellung organisiert. Der Erkennungsdienst wurde mit einschlägigen Stellen verzahnt und in seiner Arbeit strukturiert. Das bayerische Staatsministerium des Inneren schuf in diesen Tagen das Rüstzeug für den Aufbau einer Landeskriminalpolizei.

Unter diesen äußeren Umständen galt es, den Sonntagsmord in Kugelau aufzuklären.

Die Untersuchungen der Polizei beginnen

Dem Auto der Bayreuther Kriminalpolizei, einem älteren Armeefahrzeug, das den Schlaglochweg von Waischenfeld nach Kugelau schadlos bewältigte, entstiegen Hauptkommissar Hans Lederer, der die Ermittlungen führte, und Kommissar Hermann Krüger, der einen braun-schwarz gefleckten Hund an der Leine führte.

Der Fahrer, Gendarm Schmitt, blieb beim Wagen. Er musste sich zunächst um den Hund kümmern, der wegen der Anwesenheit des Hofhundes unruhig reagierte.

Gendarm Ott führte die beiden Kriminalbeamten und Dr. Lenhard zur Haustüre. Dort lag die tote Bäuerin in ihrem Blut, dahinter sahen sie den zertrümmerten Deckel der Truhe. Nachdem sich Lederer einen Eindruck vom Tatort gemacht und sich die Einzelheiten eingeprägt hatte, forderte er den Doktor auf, mit seiner Untersuchung zu beginnen.

Dr. Lenhard war schnell fertig. „Mit dem Messer, das neben der Toten liegt, wurden mit einem Schnitt Halsschlagader und Luftröhre durchtrennt. Der Tod ist sofort eingetreten. Sie hat mit Sicherheit gar nicht gespürt, was mit ihr geschehen ist", war sein Fazit. Er stellte den Totenschein für den Ziegler aus und ließ sich wieder nach Waischenfeld zurückbringen.

Lederer wies nun seinen Kollegen Krüger an, das Tatwerkzeug vorsichtig einzupacken. Mit Handschuhen hob er das blutige Messer vom Boden auf und verstaute es in einem Stoffbeutel. Es sollte in Bayreuth auf Fingerabdrücke untersucht werden.

Hauptkommissar Lederer hielt nicht viel von dieser neumodischen Methode, die ein paar Jahre vor Kriegsbeginn in der Kriminalarbeit eingeführt und als neueste Errungenschaft gepriesen worden war. „Was helfen Fingerabdrücke, wenn du den Finger dazu nicht hast", pflegte er zu sagen. „Es geht nichts über die gründliche polizeiliche Fahndungsarbeit. Wenn du den Verbrecher gefasst hast, brauchst du keinen Fingerabdruck mehr. Allenfalls vor Gericht taugt er als Beweismittel. Aber, fang einmal einen Verbrecher mit einem Fingerabdruck", war seine Rede. „Ja, wenn alle Verbrecher ihre Abdrücke abliefern und wir dann nur noch im Katalog nachschauen müssten, wen wir festzunehmen haben, dann wäre das ideal. Aber so...", waren seine Gedanken, als er sich an die Arbeit machte.

Die Situation war eindeutig. Er besprach sich mit seinem Kollegen Krüger. Beide machten sich genaue Notizen vom Tatort und der unmittelbaren Umgebung.

Jetzt begann Kommissar Krüger mit seiner Arbeit. Er führte seinen Spürhund, den Falko, eine Mischung aus mindestens vier oder fünf verschiedenen Rassen, aber ausgestattet mit einer vorzüglichen Spürnase, an den Tatort. Falko, ein intelligenter Hund, hatte gelernt, die verschiedenen Gerüche und Düfte zu unterscheiden. Er konnte zuordnen, was zum Haus gehörte und was ein fremder Geruch war. Nach einigem Herumschnüffeln spürte Krüger, dass das Tier eine Witterung aufgenommen hatte. Er ließ ihm viel Leine und folgte ihm. Vor der Haustüre lief dieser, die Nase dicht über dem Boden, den Hof hinunter zum Weg nach Neusig. Dort suchte er kurz, überquerte den Weg und lief weiter über die Wiese auf den Zeubach zu. Krüger folgte ihm im Abstand von zwei bis drei Metern.

Am Bachufer blieb der Hund stehen und begann, verwirrt herumzulaufen. Ratlos blickte er seinen Führer an. „Such weiter", forderte Krüger den Hund auf. Sie liefen nach rechts etwa 50 Meter bachaufwärts bis zur Brücke, die den Weg über den Zeubach weiter nach Neusig leitete. Am Ufer und auf der Brücke fand der Hund keine Spur. Dann liefen sie bachabwärts etwa 500 Meter in Richtung Zeubach, aber ohne Erfolg. Herr und Hund sprangen dann über den Bach und suchten auch das Ufer auf der anderen Seite entgegen der Fließrichtung ab, wieder ohne Ergebnis.

Krüger ging mit dem Hund zurück auf den Hof, von wo aus Lederer die Spurensuche beobachtet hatte. „Der Täter ist höchstwahrscheinlich in den Bach gesprungen und ist eine Weile im Wasser gelaufen. Aber die Stelle, an der er wieder an das Ufer stieg, konnte Falko nicht finden", berichtete Krüger seinem Kollegen.

Für Hauptkommissar Lederer lagen nun die Fakten klar. Er gab die Leiche der Getöteten frei und begann mit seinen Befragungen.

Die Ermittlungen der Kriminalpolizei

„Ziegler, so Leid es mir für Dich tut, ich kann Dir jetzt ein paar Fragen nicht ersparen", begann er mit seinem ersten Verhör.

Er setzte sich zusammen mit Krüger, der seinen Hund in die Obhut des Gendarmen Schmitt gegeben hatte, an den Küchentisch.

„Kannst Du Angaben machen, was geraubt worden ist?", war die erste Frage.

„Genau hab ich noch nicht nachgeschaut, was Ihr sicher verstehen könnt. Aber in der Truhe habe ich etwa 1 500 Mark aufbewahrt, dazu Schmuck wie Ringe, Broschen und Ketten, die ich aber im Einzelnen nicht beschreiben kann", sagte der Ziegler.

„Deine Landwirtschaft wirft aber ganz schön was ab", bemerkte der Beamte.

„Ja, das hat seine eigene Bewandtnis", antwortete der Ziegler. „Ich versteh mich halt auf das Handeln und Verkaufen. Wenn man das richtig macht, dann bleibt schon was."

„Und mit wem hast Du gehandelt?", wollte der Kripo-mann wissen.

Jetzt war es am Ziegler, seine Geschäfte mit dem Unbekannten offen zu legen. Er berichtete, dass dieser immer in der Dunkelheit kam und für Fleisch und Wurstwaren sehr gut bezahlte.

„Und wer ist der große Unbekannte, wie heißt er, woher kommt er?", fragte Lederer.

Der Ziegler berichtete nun, dass es Bedingung des Händlers war, anonym zu bleiben. „Je weniger Du von mir weißt, desto besser ist es für uns beide und für unser Geschäft", hatte er immer gesagt. Dann sagte der Ziegler auch, dass die Beendigung der Geschäfte in der Dunkelheit Bedingung für die Heirat seiner Traudl mit dem Hans gewesen sei. Weil er sich an dieses Versprechen hielt, habe ihm der Unbekannte gedroht, er werde diesen Entschluss noch bereuen.

Lederer und Krüger sahen sich an, nickten und machten sich eifrig Notizen.

Dann versuchten die Beamten, dem Hans und der Traudl ein paar Fragen zu stellen.

Hans konnte nicht mehr sagen, als sie schon wussten, nämlich wie sie die tote Bäuerin gefunden hatten und er sofort zur Gendarmerie gelaufen sei.

Die Traudl war völlig aufgelöst. Vor lauter Weinen brachte sie kaum ein Wort heraus. Nur das konnte sich Lederer notieren, dass auch das Firmgeschenk ihrer Patin in der Truhe aufbewahrt gewesen und jetzt sicher gestohlen sei, ein Goldkettchen mit Glaube, Hoffnung und Liebe. Lederer notierte diesen Verlust der Traudl als Goldkettchen mit Kreuz, Anker und Herz.

Der Kripo - Beamte meinte, nun nichts mehr an Ort und Stelle tun zu können. Er hatte die Überzeugung gewonnen, dass alles dafür sprach, dass Herumstreuner den Einbruch verübt hatten und Geld, Schmuck und Lebensmittel erbeuten wollten. Als die Bäuerin ihr Habe verteidigte, hätten diese kaltblütig zugestochen und die Zieglerin umgebracht. Krüger stimmte dieser Einschätzung der Lage zu.

Zunächst fuhren sie zusammen mit dem Gendarmen Ott in die Station nach Waischenfeld. Dort gab Lederer telefonisch einen Fahndungsaufruf durch. Jeder Gendarm sollte ein besonders waches Auge auf alle Hausierer und Herumstreuner haben, die auffällig mit Geld umgingen, eventuell Fleisch – und Wurstwaren an den Mann zu bringen versuchten, Schmuck anboten und die vielleicht Blutspritzer an der Kleidung hatten. Außerdem sollten die Bayreuther Gendarmen herumhören, wer in Bayreuth als Schwarzhändler mit Fleisch und Wurst verdächtig war.

Sie vereinbarten für den nächsten Tag um 10 Uhr eine Lagebesprechung in der Waischenfelder Gendarmeriestation, dann fuhren die Kriminalbeamten zurück nach Bayreuth.

In der Kugelau

Schon während des Verhörs des Zieglers in der Küche hatten sich die Nachbarn eingefunden. Die Männer trugen die tote Bäuerin in die gute Stube und legten sie auf das Kanapee. Die Nachbarsfrauen zogen ihr das Sonntagsgewand, bestehend aus Rock, Kittel, Schürze und Kopftuch an. Die tödliche Wunde am Hals bedeckten sie mit ihrem bestickten Schultertuch. In die Hände legten sie ihr ein Sterbekreuz und einen Rosenkranz.

Ganz friedlich lag die tote Zieglerin jetzt im Wohnzimmer. Die Schmiedin zündete zwei Kerzen an. Gemeinsam begannen sie nun, den schmerzhaften Rosenkranz zu beten:
- der für uns Blut geschwitzt hat,
- der für uns gegeißelt ist worden,
- der für uns mit Dornen gekrönt ist worden,
- der für uns das schwere Kreuz getragen hat,
- der für uns gekreuzigt ist worden.

Nach jedem Gesetz folgte das Gebet für die Verstorbene: „Herr, gib ihr die ewige Ruhe und das ewige Licht leuchte ihr. Herr, lass sie ruhen in Frieden. Amen."

Diese Gebete wiederholten sie immer wieder. Gegen Abend wurden sie unterbrochen, als Pfarrer Gerstacker kam und der Verstorbenen für ihren Weg in die Ewigkeit das Sakrament der „Letzten Ölung" spendete. Er versuchte, dem Ziegler ein paar tröstende Worte mitzugeben, aber er war sich nicht sicher, ob er diese überhaupt wahrgenommen hat. Er konnte ja auch nicht mehr sagen, als dass der Mensch auf Erden durch Schmerz und Leid geprüft werde, um einst in die ewige Seligkeit einzugehen, während dem Sünder ewige Verdammnis und die Qualen der Hölle erwarteten.

Inzwischen hatte sich die Spitzerin von der Traudl Eimer und Schrubber geben lassen. „Das kannst Du nicht machen", sagte sie nur zur Traudl und reinigte den Hausflur von den blutigen Spuren des Verbrechens. Der Bäuerlein und der Schmied hatten gemeinsam die Stallarbeit verrichtet und alle Tiere versorgt.

So endete dieser denkwürdige Tag in der Kugelau in trauriger Ruhe und Stille.

Beerdigungsvorbereitung

Während dies alles im Zieglershaus ablief, war der Hans unterwegs. Mit dem Totenschein des Doktors lief er nach Neusig zum Bürgermeister Wolf, dem Steffer. Der hatte vom Raubmord in Kugelau schon gehört, denn die Nachricht von diesem Verbrechen verbreitete sich wie ein Lauffeuer in der ganzen Gemeinde. Während er die offizielle Todesurkunde schrieb, musste ihm der Hans alles berichten, was er von der Tat wusste.

Der nächste Weg führte Hans nach Hannberg zum Modelschreiner. Dort bestellte er den Sarg für seine Schwiegermutter. Der Handwerker sagte ihm zu, nachdem er auch alles über die Untat erfahren hatte, dass er am Dienstag früh um 8 Uhr zuverlässig den Sarg in die Kugelau bringen werde.

Jetzt musste der Hans weiter nach Waischenfeld zu Pfarrer Gerstacker. Nachdem er auch ihm berichtet hatte, was geschehen war, setzte dieser gleich für Dienstag um 11 Uhr den Termin für das Requiem in der Nankendorfer Kirche mit anschließender Beerdigung fest. Er werde selbst zelebrieren und versprach auch noch, gleich nach Kugelau zu gehen, das Sterbesakrament zu spenden und den Angehörigen Trost zuzusprechen. Dann nahm er den offiziellen Eintrag im Matrikelbuch der Pfarrei „St. Johannes der Täufer" mit den Lebensdaten der Verstorbenen vor. Daneben machte er noch folgenden handschriftlichen Vermerk:

(wurde am 22. Aug. 1920 nachdem sie von der Frühmesse
heimgegangen war während des Hauptgottesdienstes von
„Herumstreunern" ermordet, das Haus wurde ausgeraubt)

Der Hans ging sofort weiter nach Nankendorf und suchte den Totengräber auf.

Dieser musste nicht nur das Grab ausheben, sondern auch das „Leichbeten" übernehmen. Das bedeutete, dass er selbst, seine Frau und seine Schwägerin am nächsten Tag in Nankendorf, Löhlitz, in den Ortschaften im Zeubachtal sowie in Hannberg und Langenloh von Haus zu Haus gehen und jedes Mal den gleichen Spruch sagen mussten: „Ihr sollt so gut sein und bei der Zieglerin von Kugelau am Dienstag um 11 Uhr in Nankendorf auf die Leich gehen."

Damit allein war es natürlich nicht getan. Überall mussten sie berichten, was passiert war. Für ihre Bemühungen bekamen sie dann in jedem Haus ein Ei oder 5 Pfennige, ein damals nicht zu unterschätzender Zuverdienst. Der Totengräber erhielt ab und zu auch noch einen Schnaps.

Jetzt machte sich der Hans über Löhlitz durch den Wald auf den Heimweg, den er schon als Kind so oft gegangen war. In Neusig besprach er noch mit seinem Vater den Leichenzug am Dienstag von Kugelau nach Nankendorf. Selbstverständlich übernahm der Schultes die Aufgabe, mit seinem Pferdegespann den Sarg auf diesem letzten Weg zu fahren.

Es war schon dunkel, als er endlich müde vom langen Weg nach all den Besorgungen endlich wieder daheim war. Nach einem Gebet bei der Verstorbenen im Wohnzimmer ging auch für ihn dieser Tag mit seinen schlimmen Ereignissen zu Ende.

Montag, 23. August

Pünktlich, wie vereinbart, saßen sie um 10 Uhr in der Waischenfelder Gendarmeriestation zusammen, die beiden Kommissare aus Bayreuth, die Gendarmen Hagel, Ott und Gengler aus Waischenfeld. Gengler hatte gestern frei gehabt und in Hubenberg den 60. Geburtstag seiner Schwiegermutter im Familienkreis gefeiert. Seine Kollegen hatten ihn bereits mit dem Geschehen vom Vortag vertraut gemacht.

Hauptkommissar Lederer fasste zunächst zusammen, was an Tatsachen bekannt war: Die Bäuerin war durch einen Messerstich in den Hals getötet worden. Sie war sofort tot. Vorher habe es anscheinend einen Kampf gegeben. Aus dem Haus waren Bargeld, Schmuckstücke und Fleischwaren geraubt worden. Die Tatzeit sei gegen 9 Uhr anzunehmen. Verwertbare Spuren seien nicht gefunden worden. Vor allem hatte der Spürhund schon nach etwa 100 m keine Witterung mehr gehabt und die Suche habe abgebrochen werden müssen.

Bekannt war auch, dass der Mann der Ermordeten, der Ziegler, mit einem Unbekannten Geschäfte am Rand der Legalität abgewickelt habe, die er aber seit der Hochzeit seiner Tochter mit dem Hans aus Neusig beendet habe.

„Könnte das ein Motiv sein, ein Racheakt für verlorene Geschäfte?" fragte er in den Raum hinein, glaubte aber selbst nicht so recht daran, dass dies die Lösung sein könnte. Er berichtete aber, dass die Bayreuther Gendarmerie angewiesen worden sei, herumzuhören, wo es Personen gäbe, die in der derzeit günstigen Situation für Schwarzhandel in Frage kommen könnten.

Was ihn irritiere, so der Kommissar, sei der Hofhund. Nach allem, was er gehört habe, sei es unmöglich gewesen, ohne körperlichen Schaden am Hund vorbei ins Haus zu kommen. Aber der Hund sei an seiner Kette zurückgebunden gewesen. Hatte das die Ermordete selbst getan, weil sie den Besucher gekannt habe? Oder sei es dem Täter gelungen, den Hund einzuschüchtern, zu besänftigen oder was auch immer, und sich so Zugang zum Haus zu verschaffen?

Ein Blick in die Runde zeigte dem Kommissar, dass keiner seiner Kollegen eine plausible Antwort auf diese Fragen vorbringen konnte.

„Wir müssen Informationen sammeln, wir müssen alles erfahren, was sich zum Zeitpunkt des Mordes zugetragen hat. Wir müssen aber auch erfahren, was in den vergangenen Wochen und Monaten an Ungewöhnlichem und Auffälligem im Zeubachtal beobachtet worden ist. Was darüber hinausgeht, haben wir bereits zur Fahndung ausgeschrieben", fasste Kommissar Lederer zusammen.

Die Waischenfelder Gendarmen wurden beauftragt, in Zeubach, Kugelau und Neusig von Haus zu Haus zu gehen und alle Leute zu befragen und auch jede noch so unbedeutend erscheinende Kleinigkeit zu berücksichtigen. Da am nächsten Tag, am Dienstag, die Beerdigung stattfinde, sollten die Befragungen am Mittwoch durchgeführt werden. Für den Donnerstag wurde für den gleichen Zeitpunkt die nächste Besprechung festgelegt.

Kommissar Lederer löste damit die Runde auf und sagte noch, dass er es zusammen mit Kommissar Krüger dem Ziegler nicht ersparen könnte, ihn noch einmal zu befragen, auch wenn die Verstorbene noch nicht unter der Erde sei. Sie würden nun nach Kugelau fahren und dann nach Bayreuth zurückkehren.

Das Gespräch mit dem Ziegler hatte keine neuen Erkenntnisse gebracht. Der Ziegler konnte nur wiederholen, wie er nach dem Kirchenbesuch seine Frau ermordet vorgefunden habe, der Hund sei zurückgebunden, die Truhe im Hausflur aufgebrochen gewesen. Es sei Bargeld in Höhe von etwa 1500 Mark und Schmuck entwendet worden, dazu Schinken und Würste aus dem Räucherkamin.

Über seine Geschäfte mit dem Unbekannten konnte er ebenfalls nicht mehr sagen, als dass es sich für ihn gelohnt habe, er aber nichts über die Identität seines Geschäftspartners wisse.

Mit nichts Konkretem in der Hand fuhren die beiden Kriminalbeamten nach Bayreuth zurück.

Donnerstag, 26. August

Vereinbarungsgemäß traf sich die Runde der Bayreuther Kriminalbeamten und der Waischenfelder Gendarmerie zur nächsten Lagebesprechung.

Zunächst berichtete Hauptkommissar Lederer von einem kleinen Erfolg, der sie bei der Lösung ihres Falls aber nicht weiter brachte. Die Bayreuther Gendarmen hatten den unbekannten Geschäftspartner des Zieglers ausfindig gemacht. Es war ein Bayreuther Eisenwarenhändler mit einem kleinen Geschäft in der Schulstraße. Er besserte die mageren Gewinne aus seinen Verkäufen im Laden durch das Vermitteln von gefragten Lebensmitteln an zahlungskräftige Kunden auf. Auf Befragen gab er auch sofort zu, dass der Ziegler in Kugelau einer seiner Lieferanten war. Er hatte sich maßlos geärgert, als ihm dieser die Geschäftsbeziehung aufgekündigt hatte. Aber deswegen einen Raubmord zu begehen, das käme für ihn niemals in Frage. Außerdem hatte er ein einwandfreies Alibi für den Tattag. Am 21. August habe sein Onkel in Trebgast seinen 70. Geburtstag gefeiert. Dort habe er auch übernachtet und sei erst nach dem gemeinsamen Frühschoppen um 10 Uhr mit dem Zug nach Bayreuth zurückgefahren. Nachfragen der Gendarmen in Trebgast hätten das bestätigt. Kommissar Lederer hoffte deshalb, von den Befragungen der Waischenfelder Gendarmen im ganzen Zeubachtal bessere Erkenntnisse zu gewinnen.

Gendarm Gengler hatte am Mittwoch die Leute aus Kugelau und Neusig befragt. Viel konnte er auch nicht berichten. In Kugelau habe lediglich die Schmiedin gegen 9 Uhr dumpfe Schläge aus der Richtung des Zieglers - Anwesens gehört, Schläge auf Holz. Sie sei der Meinung gewesen, dass beim Nachbarn im Kuhstall im Liegebereich der Tiere eine Bohle gebrochen sei. Das komme immer wieder vor. Um Verletzungen beim Vieh zu vermeiden, bessern die Bauern solche Schäden sofort aus, auch am Sonntag. Deshalb habe sie dem Gehörten keinerlei Bedeutung beigemessen.

In Neusig, so Gendarm Gengler weiter, habe er nur zwei bemerkenswerte Informationen erhalten. Der Schultes, der Schwiegervater der Ermordeten, erinnerte sich an die Kirchweih im Herbst des vergangenen Jahres, als der Ziegler nach einigen kräftigen Zügen aus dem Maßkrug mit seinen Geschäftsgewinnen geprahlt hatte und zwei unbekannte Männer aufmerksam zugehört hatten. Da der Schultes beim Biergenuss, selbst beim Freibier, zurückhaltend war, konnte er die beiden Männer gut beschreiben: Lang und hager der Eine mit einer auffälligen Narbe vom Ohr zum linken Mundwinkel. Der Andere war untersetzt und glatzköpfig.

Schließlich berichtete Gengler noch, was ihm der Schwarzhans gesagt hatte. Dem sei aufgefallen, dass der Maler Wilhelm aus Löhlitz voller Missgunst und Wut den Tanz von Hans und Traudl beobachtet hatte.

Gendarm Ott gab nun seinen Bericht von der Befragung der Zeubacher. Niemand hatte etwas Substanzielles beitragen können. Nur der Wirt, der Schorsch, habe von Drohungen und Verwünschungen erzählt, die ein Aufseßer Viehhändler gegen den Ziegler ausgestoßen habe. Er habe sich betrogen gefühlt und werde sich holen, was ihm zustehe, notfalls auch mit Gewalt. Soviel habe der Wertsschorsch berichtet.

Kommissar Lederer dankte den Gendarmen für ihre Nachforschungen. Viel gaben sie nicht her, aber in ihrer Situation mussten sie sich an jeden Strohhalm klammern. Vor allen durften sie auch die kleinste Kleinigkeit nicht unbeachtet lassen.

Er gab nun seine Aufträge: Kommissar Krüger sollte sofort eine nordbayernweite Fahndung nach den beiden unbekannten Männern, die bei der Neusiger Kirchweih aufgefallen waren, hinausgeben. Gendarm Ott sollte den Aufseßer Viehhändler befragen und seine Aussagen überprüfen.

Als nächster Besprechungstermin wurde Montag, 30. August, wieder in der Waischenfelder Gendarmeriestation, vereinbart.

Die Tage nach der Beerdigung

Die Kunde vom Verbrechen in der Kugelau verbreitete sich wie ein Lauffeuer im ganzen südlichen Oberfranken, von Bayreuth bis Forchheim, von Bamberg bis Pegnitz. Kommissar Lederer hatte gleich nach seiner Rückkehr aus Kugelau und Waischenfeld noch am Sonntag die diensthabenden Redakteure der für dieses Gebiet wichtigsten Zeitungen, des "Bayreuther Tagblatt" und des "Wiesentboten" in Ebermannstadt telefonisch über das Geschehen informiert. Er setzte auf die Mithilfe der Bevölkerung, auf Beobachtungen, die sich für die Ermittlungen der Kriminalpolizei als hilfreich erweisen könnten.

Bereits am 23. August brachte das „Bayreuther Tagblatt" in seiner „Unpolitischen Zeitung" einen ersten Kurzbericht:

Waischenfeld, 23. Aug. R a u b m o r d. Gestern, Sonntag, vormittags 9 1/4 Uhr, wurde die Bauersfrau A d e l h a r d t von Kugelau (zwischen hier und Volsbach gelegen) in ihrer Wohnung von einem Unbekannten ermordet. Geraubt wurden ca. 1500 Mark Geld und 25 Pfund Rauchfleisch. Von dem Verbrecher fehlt noch jede sichere Spur. Im Interesse der öffentlichen Sicherheit liegt es, daß Jeder, der darüber sachdienliche Angaben zu machen weiß, diese der Polizei oder Gendarmerie mitteilt.

Am folgenden Tag brachten das „Bayreuther Tagblatt" und der „Wiesentbote" nahezu gleichlautende, etwas ausführlichere Berichte von diesem Ereignis:

Waischenfeld, 24. Aug. Über den bereits gemeldeten Raubmord wurden noch folgende Einzelheiten mitgeteilt: Die 57jährige Oekonomenfrau A d e l h a r d t hatte die Frühmesse in Waischenfeld besucht und war dann heimgegangen, worauf die übrigen Familienmitglieder zum Hauptgottesdienst gingen, sodaß die Frau allein zu Hause war. Als ihre Angehörigen vom Gottesdienst zurückkamen, fanden sie die Bäuerin mit durchschnittener Kehle in einer großen Blutlache tot im Hausgang vor dem Wohnzimmer liegen. Deutlich sichtbare Fingerabdrücke am Genick lassen erkennen, daß die Ermordete vorher gewürgt worden war. Man vermutet, daß mit den Verhältnissen vertraute Hausierer die Tat verbrochen haben. (Sie dürften ihre Kleider mit Blut besudelt haben. Die Staatsanwaltschaft Bayreuth stellt für die Ermittlung des Täters eine Belohnung in Aussicht.)

Das Entsetzen in der gesamten Bevölkerung war groß. In allen Läden, Geschäften, Wirtshäusern und überall, wo Menschen zusammenkamen, war der Sonntagsmord in Kugelau noch über Tage und Wochen das beherrschende Gesprächsthema.

Die Hoffnung von Kommissar Lederer auf weiterführende Hinweise erfüllte sich aber nicht. Aus der Bevölkerung ging keine einzige Meldung ein. Sie kamen in diesem Fall einfach nicht weiter.

Als Kommissar Krüger einmal in einer Besprechung das Wort vom perfekten Verbrechen fallen ließ, korrigierte ihn Lederer heftig: „Das ist kein perfektes Verbrechen! Das ist ein übler, heimtückischer Raubmord. Jeder Verbrecher macht Fehler. Unsere Aufgabe ist es, die Fehler zu entdecken und den Täter zu fassen. Gehen wir es an! Wir werden ihn kriegen!" Ihre Arbeit glich der Suche nach der berühmten Nadel im Heuhaufen.

Freitag, 27. August

In Kugelau ging nach dem traurigen Ereignis, das die Menschen erschüttert hatte, das Leben seinen gewohnten Lauf weiter. Das letzte Getreide, das noch zum Trocknen in Puppen auf den Feldern stand, wurde eingefahren. Die Grummet – Ernte begann und tagtäglich musste das Vieh im Stall versorgt werden.

In Bayreuth hatte Kommissar Lederer gegen 7 Uhr am Abend sein Büro verlassen und war auf dem Heimweg beim Bauernwärtla in der Sophienstraße eingekehrt. Er brauchte jetzt einfach ein Bier, ein Bier aus einer kleinen Landbrauerei im Ahorntal, vom Stöckel in Hintergereuth. Er liebte die oberfränkische Biervielfalt mit den vielen kleinen Brauereien, die alle ihr typisches, besonders schmeckendes Bier anboten, nicht ein genormtes Bier wie aus München oder Nürnberg.

Über seinem Stöckel – Seidla kam er wieder ins Sinnieren über die Probleme in seinen Dienst. Eigentlich wollte er diese vergessen, aber der Fall des Sonntagsmordes in Kugelau verfolgte ihn Tag und Nacht, werktags und sonntags. Was war wirklich geschehen? Vor allem der Hund war ihm ein Rätsel. Wer hatte ihn, warum wurde er zurückgebunden?

Er fand keine Lösung. Auch das zweite Seidla half ihm nicht weiter. Aber aufgeben, das kam für ihn nicht in Frage.

Montag, 30. August

In Waischenfeld hatten sich wieder die Bayreuther Kriminalbeamten und die örtlichen Gendarmen zusammengefunden. Die Stimmung war gedrückt.

Dafür hatte schon der Bericht von Kommissar Lederer gesorgt. Es war tatsächlich gelungen, die beiden "Galgenvögel", wie er sie bezeichnete, von der Neusiger Kirchweih aufzuspüren. Die Gendarmen von Creußen konnten sie eindeutig identifizieren. Sie hatten sie am 21. August festgenommen, weil sie angetrunken in einem Wirtshaus zuerst die übrigen Gäste lautstark belästigt und dann auch noch eine Rauferei angezettelt hatten. In Ermangelung einer Ausnüchterungszelle hatten die Gendarmen die beiden in das Creußener Spritzenhaus eingesperrt. Am Sonntag, 22. August, hatten sie dann die beiden gegen 10 Uhr freigelassen. Ein hieb - und stichfesteres Alibi für die Tatzeit konnten sie wirklich nicht haben.

„Wieder nichts", sagte der Kommissar, „ aber deswegen geben wir nicht auf."

Dem Bericht über den Löhlitzer Wilhelm maß der Kommissar keine Bedeutung zu: „Das war Raubmord und keine Romeo und Julia - Romanze."

Gendarm Ott gab dann seinen Bericht über seine Nachforschungen in Aufseß. „Ja, der Ziegler ist ein Sauhund", habe der Viehhändler gesagt, „aber umbringen tu ich doch deswegen keinen. Geschäft ist Geschäft, einmal so, einmal so. Damit kann ich leben."

Sein Alibi für die Tatzeit sei unanfechtbar, so Ott, er habe das genau überprüft. Nach einem Blick in sein Notizbuch habe der Viehhändler gesagt, er habe am 22. August in Wüstenstein in der dortigen evangelischen Kirche den Gottesdienst besucht. Er hatte erfahren, dass der dortige Kirchenvorstand, ein tüchtiger Bauer, eine bändige Kuh zu verkaufen hatte. Ein Bauer in Seelig, wusste er, brauchte eine Kuh, die er vor den Wagen oder den Pflug spannen konnte. Da habe er gedacht, dass es für den Handel nicht schaden könnte, wenn ihn der Kirchenvorstand im Gottesdienst sah. Außerdem habe der Pfarrer über den ungerechten Mammon gepredigt. Dabei habe er schon ausgerechnet, was er an dieser Kuh verdienen könnte.

Der Gendarm berichtete, dass er auch das überprüft habe. Den Pfarrer von Wüstenstein habe er in seinem Obstgarten beim Ernten seiner Äpfel angetroffen. Der habe ihm bestätigt, dass er am 22. August über den ungerechten Mammon gepredigt habe. Er habe es als Erfolg seiner Predigt angesehen, dass der Viehhändler aus Aufseß einen größeren Betrag in den Sammelkorb gelegt habe.

Sie standen also wieder mit leeren Händen da.

Ohne Bestimmung eines weiteren Termins für eine Zu-sammenkunft, aber mit der dringenden Ermahnung an die Waischenfelder Gendarmen, jedem noch so kleinen Hinweis nachzugehen und nach Bayreuth zu berichten, fuhren die Kriminalbeamten zurück.

7. September

Wieder einmal hatten die Kommissare Lederer und Krüger den Fall „Kugelau" in allen Einzelheiten durchgesprochen. Sie hatten nichts in der Hand.

Krüger sprach deshalb doch noch einmal die Aussagen des Schwarzhansen aus Neusig über das Verhalten des Wilhelm aus Löhlitz auf dem Tanzboden bei der Kirchweih in Neusig an. Er wusste, dass sich Lederer auf Raubmord festgelegt hatte und eine Beziehungstat ausschloss. Aber in ihrer Situation mit absolut nichts in der Hand wollten sie auch die kleinste Spur nicht unberücksichtigt lassen.

Sie beauftragten die Waischenfelder Gendarmen, den Wilhelm in Löhlitz zu befragen. Diese meldeten am nächsten Tag nach Bayreuth, dass der Gesuchte nach Amerika ausgewandert sei. Am 22. August sei er von daheim weg, um mit dem Zug nach Hamburg und dann weiter mit dem Dampfschiff nach New York zu reisen.

Das Datum 22. August elektrisierte die beiden Kommissare. Sie beschlossen, selbst nach Löhlitz zu fahren und die Angehörigen des ausgewanderten Wilhelm zu vernehmen.

In Begleitung von Gendarmeriewachtmeister Ott trafen sie am nächsten Tag gegen Mittag am kleinen Häuschen der Mutter von Wilhelm am Ortsrand von Löhlitz in Richtung Wohnsgehaig ein.

Sie war Witwe und lebte seit der Abreise ihres Sohnes allein. Ihr Mann war bereits in den ersten Kriegstagen in Frankreich gefallen. Mit einer kleinen Rente und den kargen Erträgen aus der Bewirtschaftung eines kleinen Feldes und der Haltung von drei Ziegen und zwei Schweinen bestritt sie ihren Lebensunterhalt. Allerdings hatte sie ihr Sohn als gut verdienender Maler in den letzten Jahren mit Geldzuwendungen unterstützt.

Als die drei Polizeibeamten in ihre Küche traten, wurden sie geradezu mit einem Wortschwall überfallen. Es tat ihr sichtlich gut, dass sie eine Ansprache hatte.

Ja, der Wilhelm sei vor etwa drei Wochen von daheim weg, um nach Amerika auszuwandern und dort sein Glück zu suchen. Nein, eine Nachricht von ihm habe sie noch nicht, aber das sei sicher noch zu früh bei einer so langen und weiten Reise. Bestimmt werde er bald schreiben, er sei ja ein so braver und anhänglicher Bub. Und sein Glück werde er sicher auch machen in der neuen Welt, denn er sei doch so ein tüchtiger Handwerker. In Bayreuth habe er in den besten Häusern gearbeitet, sei von einer Herrschaft zur anderen weiterempfohlen worden, weil er so sauber und ordentlich gemalt habe. Und jetzt würden sicher die Amerikaner Augen machen, wenn der Wilhelm mit seinen Farben deren Häuser schmücken werde.

Hauptkommissar Lederer kam in den ersten Minuten überhaupt nicht zu Wort. Energisch musste er sie unterbrechen, um seine Fragen stellen zu können

„Wann ist er abgereist?", wollte er wissen.

„Ja, das habe ich den Gendarmen doch schon gesagt. Am 22. August, es war ein Sonntag, ist er fort".

„Genauer will ich es wissen, wann er weg ist, in der Früh, am Abend, oder?"

„Es war Mittag. Er hat vor Aufregung gar nichts mehr gegessen. Er wird schon sehen, wann er wieder einmal so gute Klöße wie meine bekommt. Aber er hat gesagt, er habe richtig Reisefieber und könne nichts essen".

„War die Abreise so geplant?", fragte der Beamte.

„Freilich", antwortete die Frau. „Seit Wochen hat er diesen Tag geplant. In der Früh war er noch weg. Ich glaube, er war in der Frühmesse, denn ein guter Christ ist er auch, mein Wilhelm. Als er heimgekommen ist, hat er seinen Seesack in seinem Schlafzimmer noch fertig gepackt, hat ihn über die Schulter gelegt und sich von mir verabschiedet. Ich hab ihm Weihwasser gegeben, ein Kreuz auf die Stirn gezeichnet und ihn Gott befohlen. Dann ist er weg zum Nachmittagszug von Frankenhaag nach Bayreuth. Ja, so ist es gewesen."

„War er anders als sonst ?", wollte Lederer noch wissen.

„Aufgeregt war er halt. Aber das ist doch normal, wenn man auf eine so weite Reise in ein unbekanntes Land macht und noch dazu seine Mutter allein zurücklässt."

„Dürfen wir uns noch in seiner Stube umschauen?",
fragte der Kommissar.

„Ja freilich. Ich hab alles so gelassen, wie es war. Jeden
Tag gehe ich hinein und denke an meinen Wilhelm."

Sie stiegen die steile, stark ausgetretene Holztreppe nach
oben und kamen in eine kleine, ordentlich aufgeräumte
Stube. Ein Bett, ein kleiner Tisch mit zwei Stühlen und
ein Schrank bildeten die Einrichtung.

Die Kriminalbeamten besichtigten alles ganz genau,
besonders das Bett und den Schrank. Sie fanden nichts
Ungewöhnliches oder gar Verdächtiges.

„Was wollt ihr eigentlich von meinem Wilhelm? Der hat
nichts gestohlen. Der ist ehrlich."

„Wir untersuchen einen Fall, in dem ein Zeuge auch
den Wilhelm genannt hat. Wir müssen allen Hinweisen
nachgehen. Mit Ihren Aussagen haben Sie uns sehr ge-
holfen. Dass wir nichts gefunden haben, sehen Sie selbst.
Sie haben also keinen Grund zu irgendeiner Sorge."

Mit diesen Worten Lederers verabschiedeten sich die drei
Beamten.

Bei einer kurzen Besprechung in der Waischenfelder
Gendarmeriestation waren sich alle einig, dass man die
Spur „Wilhelm" nicht weiter verfolgen musste. Dass sein
Abreisetag und der Tag des Mordes in Kugelau zusam-

mentrafen, war nach ihrer Meinung reiner Zufall. Wilhelm hatte seine Abreise schon lange auf diesen Termin festgelegt. Eine überstürzte Flucht wegen eines begangenen Verbrechens war nicht anzunehmen.

„Wir sind wieder keinen Schritt weiter", stellte Lederer vor der Abfahrt nach Bayreuth fest, „aber wir geben nicht auf, auf gar keinen Fall!"

Dezember 1920

Im Kommissariat der Kriminalpolizei in Bayreuth gingen Lederer und Krüger den Fall „Kugelau" immer wieder durch. Ob sie etwas übersehen hätten, grübelten sie.

Ein großes Rätsel war immer noch der Hund. Warum war er von der Haustür zurückgebunden? War es doch ein Bekannter der Zieglerin, den sie arglos einließ? Aber alles sprach für einen arglistig ausgeführten Raubmord. Sie kamen einfach nicht weiter.

Kommissar Lederer bekam auch keine Erleuchtung, wenn er nach Dienstschluss beim Bauernwärtla sein Stöckelbier trank.

Plötzlich bekam der festgefahrene Fall eine unerwartete Wendung.

Der „Wiesentbote" brachte am 21. 12. folgende Meldung:

Sonntagsmord in Kugelau

In die am Sonntag den 22. August 1920 in Kugelau verübte Mordtat scheint nunmehr Licht zu kommen. Wie bekannt ist, wurde damals während des vormittäglichen Gottesdienstes, die Landwirtsehefrau Kuni Adelhardt in Kugelau durch Abschneiden der Kehle getötet und ein Geldbetrag von 1520 Mark sowie 25 Pfund Rauchfleisch und andere Lebensmittel geraubt. Den Umständen nach muß zwischen

Täter und seinem Opfer ein schwerer Kampf stattgefunden
haben und der Täter mußte seine Kleidung stark mit Blut
befleckt haben. Schon damals wurde festgestellt, dass der
Täter eine dort sehr bekannte Person gewesen ist, der mit
den Gewohnheiten der Familie Adelhardt vertraut war.
Am Sonntag den 19.12.1920 erhielt die Kriminalpolizei
neuerdings Kenntnis, wer evtl. als Täter in Frage kommen
könnte. Durch umfangreiche Erhebungen konnte noch im
Laufe des Tages als der Tat dringend verdächtig, der ledige
Bauernsohn Lorenz S. In Waischenfeld ermittelt werden.
Auf Grund sofortigen, von der Staatsanwaltschaft erlas-
senen Haftbefehls wurde S. von zwei Kriminalbeamten des
Stadtrates Bayreuth unter Mitwirkung der Gendarmerie
Waischenfeld in Waischenfeld verhaftet und mittels Auto in
das Landgerichtsgefängnis Bayreuth eingeliefert.

Was war vorgefallen, dass es zu dieser Festnahme kam?

Am 17. Dezember, einem Freitag, saßen beim Gruber
in Waischenfeld einige Städter, aber auch Bauern aus
Zeubach, Hannberg und Neusig beim Bier beisammen.
Immer noch war der ungelöste Mordfall in Kugelau
Thema vieler Diskussionen am Biertisch.

„Dass man keinen gesehen hat, der Blut an der Kleidung hatte, kann man doch kaum glauben", meinte der
Gottfried aus Zeubach. „Wenn er, wie die Kriminaler
meinen, mit dem Zug fortgefahren ist, hätte das doch
an den Sperren oder bei den Kontrollen im Zug auffallen
müssen."

„Das glaub ich auch", sagte der Schrolln – Hans aus Waischenfeld. „Ein Hausierer hat doch keinen zweiten Anzug dabei, wenn er bei uns rumläuft."

So diskutierten sie hin und her. Nur der Bartl aus Waischenfeld sagte nichts mehr. Er zahlte sein Bier und ging heim.

Am nächsten Tag war er gleich in der Früh in der Gendarmeriestation und berichtete, was ihm am Abend beim Gruber im Wirtshaus wieder eingefallen war.

Er hatte beobachtet, wie im Herbst der Lenz, der Sohn seines Nachbarn, in deren Obstgarten hinter dem Haus Abfälle verbrannt hatte. Er erinnerte sich, dass darunter auch Kleidungsstücke waren. Er wusste auch, dass der Lenz vor der Hochzeit beim Ziegler geschlachtet hatte und sich dort auskannte.

Bei Gendarm Ott leuchteten alle Alarmlampen auf. Sofort telefonierte er mit Kommissar Lederer in Bayreuth und berichtete, was er soeben erfahren hatte.

Kommissar Lederer war gleich hellwach. Bevor er aber einen Fehler beging, wollte er sich noch rückversichern. Er organisierte sofort ein Auto und fuhr nach Kugelau zum Ziegler.

Er traf ihn beim Futtervorbereiten in der Scheune. Zuerst verpflichtete er ihn zu absolutem Stillschweigen und fragte dann direkt: „Was fällt Dir zum Lenz aus Waischenfeld ein?"

„Der hat bei uns einmal, das war vor der Hochzeit der Traudl, geschlachtet, weil sich unser Metzger, der Kaiser aus Zeubach, den Arm gebrochen hatte. Wir waren mit seiner Arbeit sehr zufrieden".

Plötzlich fiel es ihm siedend heiß ein: „Eines war ganz sonderbar. Er hat sich sofort mit unserem Hund, dem Kongo, angefreundet. So etwas habe ich noch nicht erlebt. Sonst lässt der Hund niemanden an sich ran. Dem Lenz hat er sogar die Schuhe abgeschleckt", berichtete er.

War das die Lösung des Rätsels mit dem Hund?

Kommissar Lederer meinte, mit der verbrannten Kleidung und dem nun erklärten Verhalten des Hundes am Mordtag genügend Verdachtspunkte gegen den Lenz für eine Festnahme zu haben. Zurück in Bayreuth ging er sofort zur Staatsanwaltschaft. Dort konnte er mit diesen Angaben einen sofortigen Haftbefehl erwirken.

Am nächsten Tag, einem Sonntag, nahm er zusammen mit den Waischenfelder Gendarmen den Lenz wegen des Verdachts des Mordes an der Bauersfrau Kuni Adelhardt fest und brachte ihn nach Bayreuth in das Gefängnis.

Lederer informierte die Staatsanwaltschaft von der vollzogenen Festnahme. Der diensthabende Beamte ordnete eine sofortige Vernehmung durch die Kriminalpolizei sowie die morgige Vorführung beim Staatsanwalt an.

Der Kommissar ließ den Lenz in einen Vernehmungsraum bringen und begann nach der Aufnahme der Personalien sofort mit der Befragung.

„Wo warst Du am 22. August?"

Der Lenz überlegte: „Wie soll ich das nach fast einem halben Jahr noch wissen?"

„Dann streng Dich an und überleg!"

„Was war das für ein Tag?"

„Ein Sonntag", half ihm der Kommissar.

Der Lenz begann, an den Fingern abzuzählen. „Dann müsste das der vierte Sonntag im August gewesen sein. Da war Kerwa in Eichenbirkig. Da war ich am Samstag auf der Vorkerwa und hab kräftig getrunken. Am Sonntag bin ich in der Früh nicht aus dem Bett gekommen und auch nicht in die Kirche gegangen."

„Und weiter", forderte ihn der Kommissar auf.

„Ich bin in den Wald gegangen, in die Landsgmaa. Dort bin ich herumgelaufen, bis ich wieder einen klaren Kopf hatte. Am Nachmittag war ich dann wieder in Eichenbirkig auf der Kerwa."

„Hast Du einen Zeugen für den Vormittag? Hat Dich jemand im Wald gehen sehen? Bist Du jemandem begegnet?", wurde er gefragt.

„Nein, niemand", war seine Antwort.

„Wir beenden damit die erste Befragung. Ich stelle fest, dass Du genügend Zeit hattest, nach Kugelau zu gehen, die Zieglerin umzubringen und das Haus auszurauben. Du hattest auch genügend Zeit, nach Waischenfeld zurück zu kommen, das Diebesgut zu verstecken und dich frisch einzukleiden. Du bist verdächtig, die Bäuerin Kunigunde Adelhardt ermordet und das Haus ausgeraubt zu haben. Du bleibst in Haft und wirst morgen dem Staatsanwalt und dem Richter vorgeführt".

Damit war der Fall zumindest für diesen Tag erledigt.

Kommissar Lederer atmete auf, als er sich auf den Heimweg machte. Als er bei seinem Lieblingswirt sein Lieblingsbier trank, war seine Stimmung zwiespältig. Sie hatten einen Tatverdächtigen. Seine Theorie vom herumstreunenden Hausierer hatte keinen Bestand mehr. Das Rätsel mit dem Hofhund war gelöst. Aber hatten sie wirklich den Mörder?

Montag, 20. Dezember

Für die Kommissare Lederer und Krüger standen am Montag Termine im Gericht an. Am Vormittag mussten sie sich beim Staatsanwalt einfinden. Der zuständige Beamte war ein sehr erfahrener Jurist. Er ließ sich von den Kommissaren noch einmal vortragen, was von der Mordsache in Kugelau bisher bekannt war und was an Ermittlungsergebnissen vorlag.

Dann begannen sie, sich gemeinsam eine Argumentationskette aufzubauen, mit der sie den Amtsrichter am Nachmittag von der Notwendigkeit überzeugen wollten, den Lenz in Untersuchungshaft zu nehmen. Lederer und Krüger legten die ihnen bekannten Fakten dar: Lenz war beobachtet worden, wie er im Herbst Kleidung verbrannte. Der Verdacht lag nahe, dass er belastendes Material vernichtet habe. Nach Aussage des Arztes am Tatort war davon auszugehen, dass an der Kleidung des Täters Blut der Ermordeten zu finden war.

Für die Tatzeit hatte der Lenz kein Alibi. Seine Angaben über seinen Aufenthaltsort am 22. August ließen zweifellos ein Zeitfenster für den Weg nach Kugelau und die Ausführung des Raubmordes offen.

Außerdem kannte er sich beim Ziegler aus. Beim Schlachttag vor der Hochzeit hatte er ausreichend Gelegenheit, sich mit dem Haus vertraut zu machen. Dass beim Ziegler etwas zu holen war, wussten die meisten Leute in der ganzen Umgebung.

Schließlich war damit auch das Rätsel, wie der Mörder am scharfen Hofhund vorbeigekommen war, gelöst. Diese Frage hatte den Kommissaren bisher das meiste Kopfzerbrechen bereitet. Eigentlich waren sie ja davon überzeugt gewesen, dass ein Herumstreuner die Tat begangen hatte. Wie der aber am Hund vorbeigekommen sein sollte, blieb ihnen nach wie vor rätselhaft. Dass die Bäuerin, die das Leben auf dem abgelegenen Hof gewohnt war und die auch die unruhige Nachkriegszeit richtig beurteilen konnte, einen Fremden eingelassen hatte, schlossen sie ebenso wie die Familienmitglieder aus. Der Ziegler hatte ausdrücklich bestätigt, dass sich der Lenz zur Verwunderung aller spontan mit dem Hund angefreundet hatte. So war es für ihn ein Leichtes, in das Haus zu gelangen. Da ihn die Bäuerin kannte, brachte er sie um, um nicht selbst entdeckt zu werden.

Der Staatsanwalt war von diesen Argumenten überzeugt und meinte, dass dies beim Amtsrichter ausreichen würde, den Verdächtigen in Untersuchungshaft zu nehmen.

Am Nachmittag stand der Haftprüfungstermin beim Richter an. Der Amtsrichter war ein freundlicher älterer Herr, aber jeder, der schon mit ihm zu tun hatte, wusste, dass er sehr konsequent und unerbittlich sein konnte.

Der Lenz wurde vorgeführt. Nach der Aufnahme seiner Personalien wurde er gefragt, ob er einen Anwalt beiziehen wolle. „Ich habe nichts getan. Also brauche ich auch keinen Anwalt", antwortete er.

Dann trug der Staatsanwalt vor, was gegen Lenz vorlag und worauf sich der Verdacht, dass er die Bäuerin Kunigunde Adelhardt ermordet und das Haus ausgeraubt habe, stützte. Er beantragte zum Schluss Untersuchungshaft bis auf weiteres für den Tatverdächtigen.

Der Lenz hörte sich alles an und schüttelte nur den Kopf. „Ihr könnt erzählen, was Ihr wollt: Ich war es nicht", war alles, was er zu sagen hatte.

Der Amtsrichter überlegte nicht lange. Ihn hatte die Beweiskette des Staatsanwaltes überzeugt. Er ordnete für den Lenz Fortdauer der Haft bis auf weiteres an.

Januar 1921

Der Lenz war nun schon seit einigen Wochen im Bayreuther Gefängnis inhaftiert. Jede Woche wurde er zwei – dreimal verhört. Die Beamten der Kriminalpolizei und der Staatsanwaltschaft drängten ihn, ein Geständnis abzulegen. Sie sagten, dass dies seine Situation vor Gericht wesentlich verbessern würde. Er aber blieb bei seiner ständigen Aussage: „Ich bin es nicht gewesen. Etwas, was ich nicht getan habe, kann ich auch nicht gestehen."

Nach einem dieser Verhöre nahm der Staatsanwalt die beiden Kommissare mit in sein Büro. „Gibt es denn wirklich nichts Greifbares, mit dem wir ihm die Tat nachweisen können?", fragte er die Kriminalbeamten. „Wenn er kein Geständnis ablegt, haben wir nur Indizien. Sicher, sie sprechen gegen ihn, aber es sind eben nur Indizien. Man weiß in einem solchen Fall nie, wie dann das Gericht letzten Endes entscheidet. Wir sollten alles versuchen, dass wir mit unserer Anklage nicht herunterfallen."

Lederer und Krüger nahmen das als Auftrag mit, nochmals alles durchzugehen und zu hinterfragen, um möglichst doch noch einen aussagekräftigen Beweis zu finden.

Als Lederer am nächsten Tag nochmals alle Akten und seine gesamten Notizen überprüfte, stieß er auf die Aussage der Traudl unmittelbar nach der Entdeckung des Tat, die er bisher nicht weiter beachtet hatte. Die

Traudl hatte damals angegeben, dass bei den geraubten Schmuckstücken auch ihr Firmgeschenk war, das Goldkettchen mit „Glaube, Hoffnung, Liebe". Es war das einzige Stück, von dem sie eine Beschreibung hatten. Nach diesem Kettchen wollte er jetzt in der Öffentlichkeit nachforschen.

Am 21. Januar brachten das „Bayreuther Tagblatt" und der „Wiesentbote" folgenden Artikel:

Waischenfeld, 21.01.1921
(Belohnung wegen Raubmord)

Bei dem Raubmord in Kugelau, am 22.8.1920 wurde ein Halskettchen entwendet. Für die Beibringung des Kettchens ist seitens der Staatsanwaltschaft Bayreuth, eine Belohnung in Aussicht gestellt. Mitteilungen wollen an die Gendarmeriestation Waischenfeld gerichtet werden.

Aber auch dieser letzte Strohhalm, an den sich Kommissar Lederer noch geklammert hatte, brachte keinen Erfolg. Niemand meldete sich, der etwas über den Verbleib dieses Kettchens sagen konnte.

In den nächsten Wochen gab es zu diesem Fall keine neuen Erkenntnisse. Der Lenz wurde immer wieder verhört, aber er blieb bei seiner Aussage. Das zog sich noch bis zum Mai hin. Schließlich sah der Amtsrichter keinen hinreichenden Grund mehr, ihn länger in Haft zu lassen.

So berichtete der „Wiesentbote":

Kugelau, 10.05.1921
(Verdächtiger frei)

Wie seinerzeit berichtet, wurde im August 1920 die Bau-ersfrau Adelhardt von Kugelau bei Waischenfeld ermordet und beraubt aufgefunden. Der unter dem Verdacht, diese Tat verübt zu haben, gefänglich eingezogene Landwirtssohn S. von Waischenfeld, ist nunmehr wieder aus der Haft ent-lassen worden.

Es gab auch in den kommenden Monaten keine neuen Erkenntnisse zum Raubmord in Kugelau.

Kommissar Lederer wollte es nicht wahr haben, dass ein Mörder ungestraft davon kam und eine solche Tat unge-sühnt blieb. Immer wieder nahm er sich die Akten vor. Aber er kam nicht weiter. Schließlich blieb ihm nichts anderes übrig, als die Ermittlungen ohne Ergebnis ab-zuschließen.

Das gute Stöckel – Bier, das er sich immer wieder einmal nach Feierabend beim Bauernwärtla genehmigte, war aber kein Trost für seine Enttäuschung über den ausgeb-liebenen Erfolg in der Sache „Sonntagsmord in Kugelau".

Milwaukee (USA), Sept. 1927

Im „Bavarian Inn" in Milwaukee ging es wieder einmal hoch her. Man veranstaltete, wie auch in München, schon zwei Wochen vor Anfang des namensgebenden Monats das Oktoberfest. Alle waren sie gekommen, die Auswanderer aus Altbayern, Schwaben und Franken, um gemeinsam mit ihren Kindern, Enkeln und Urenkeln das Andenken an die alte Heimat zu feiern. Sie hatten ihre alten Trachten herausgeholt, die Frauen aus Ober – und Niederbayern als besonderen Schmuck ihre Kropfbänder umgelegt, die Männer ihren Gamsbart auf den Hut gesteckt und die Weste mit dem Charivari geschmückt.

Das „Bavarian Inn" war der Ort, wo sich die aus ihrer bayerisch – schwäbisch – fränkischen Heimat Ausgewanderten einen Treffpunkt gebaut hatten. Hier lebten sie bei Trachtenfesten ihre Sehnsucht nach der verlassenen Heimat aus, hier trafen sie Freunde und Bekannte, hier pflegten sie überliefertes Brauchtum, hier wollten sie ihren in der neuen Heimat geborenen Kindern und Enkeln ein Gefühl für ihre Herkunft mitgeben.

Der Wirt des Hauses hatte es geschafft, für diesen Abend Münchner Bier, - und nicht nur das -, echtes Hofbräuhausbier -, zu beschaffen. Männer und Frauen, Alte und Junge, waren bester Stimmung. Sie tranken ihr Bier aus der Heimat und ließen sich die hier hergestellten, aber im Vergleich zu den in den amerikanischen

Märkten angebotenen um Welten besseren Bratwürste schmecken, die der Wirt nach einem alten Bamberger Rezept gefertigt hatte.

Die Stimmung stieg und alle begannen, mit der Blasmusik alte Lieder aus der Heimat zu singen, zu schunkeln und zu tanzen. Schließlich läutete der Vereinsvorstand, ein aus der Oberpfalz stammender, etwa 70 - jähriger Mann mit weißem Vollbart, die Glocke auf dem Vorstandstisch und forderte alle auf, sich zur bayerischen Nationalhymne zu erheben. Es wurde augenblicklich ruhig, alle erhoben sich, die Männer nahmen Haltung an und die Frauen falteten die Hände vor der Brust. Dann begann die Kapelle: „In München steht ein Hofbräuhaus, eins, zwei..." zu spielen. Nach dem letzten Ton klatschten alle begeistert Beifall. Dann setzten sie nach diesem Höhepunkt des Heimatabends ihre unterbrochenen Unterhaltungen fort.

Abseits und unbeteiligt saß Bill, wie er in Milwaukee genannt wurde. Man wusste nicht viel von ihm, nicht, wo er herkam, was er erlebt hatte, wie er den Weg nach Milwaukee gefunden hatte. Dabei war er in der Stadt ein sehr bekannter Mann. Er hatte sich eine Werkstatt aufgebaut, in der er Autos nach den Wünschen der Besitzer lackierte. Der geniale Henry Ford ließ schon seit 1914 sein als „Tin Lizzy", also als „Blechliesl", bekanntes Auto am Fließband fertigen. Aber es war der Grundsatz von Henry Ford, dass es dieses Auto nur in der Farbe schwarz gab. Es wird ihm der Ausspruch unterstellt: „Sie können das Auto in jeder Farbe haben, sofern sie schwarz ist." In seinem Buch „Mein Leben und Werk" äußert er sich dazu in einer etwas milderen Form: „Jeder kann sich seinen Wagen beliebig anstreichen lassen, wenn er nur schwarz aus der Fabrik kommt."

Diese Aussage hatte sich Bill zu eigen gemacht und bot an, jedes Auto nach dem Wunsch des Besitzers zu lackieren. Damit hatte er enormen Erfolg. Hunderte von stolzen Autobesitzern in Milwaukee ließen ihre Tin – Lizzy farblich gestalten, in gelb/schwarz, in blau, in rot oder, oder, oder ... Ein aus Würzburg stammender Weinhändler fuhr stolz mit seinem gold/grünen Auto durch die Straßen und warb mit diesen Farben für sein Produkt. Ganz ohne Werbeabsicht hatte sich ein aus München stammender Rechtsanwalt von Bill sein Auto mit weiß/blauen Rauten verschönern lassen. Bill war für alle Wünsche offen und machte, was machbar war. Die Auftraggeber dankten es ihm. So kam er zu einem bescheidenen Wohlstand. Er konnte ohne Sorgen leben und für Notfälle etwas auf die Seite legen. Ein kleines Markenzeichen hatte er sich auch zugelegt. An der hinteren Unterkante der Fahrertür brachte er bei jedem seiner Kunstwerke ein kleines „W" an, was ihm den Namen „Dubbleyou – Bill" einbrachte und seine Sonderstellung festigte. Niemand wusste, dass er damit auf seinen Namen Wilhelm in der alten Heimat hinweisen wollte. Für viele der wohlhabenden Bürger war es schon fast ein Statussymbol geworden, nicht nur ein Auto zu fahren, sondern auch das „W" am Wagen zu präsentieren.

Am allein dasitzenden Bill kam der Seelsorger der Gemeinde, Pater Ambrosio, vorbei und setzte sich zu ihm. Der Pater war Südtiroler Abstammung. Er war in Bozen geboren und in Brixen als Franziskaner zum Priester geweiht worden. Dort war er auch viele Jahre seelsorgerisch tätig und dabei sehr beliebt, als ihm seine Ordensoberen die Emigration nach Amerika nahe legten. Er bekannte sich zu seinem Fehltritt und wanderte mit seiner Christine und dem gemeinsamen Sohn Severin nach Amerika aus. Hier in Milwaukee hatten sie unbeachtet ihre Ruhe gefunden und Pater Ambrosio betreute die deutschen und italienischen Auswanderer und ihre Familien als engagierter Seelsorger bestens.

„Mit Ihnen möchte ich ein ernstes, für mich ganz wichtiges Gespräch führen", begann Bill.

„Hier und jetzt ist dafür wahrscheinlich nicht der beste Ort und Zeitpunkt. Kommen Sie doch morgen am Vormittag bei mir vorbei. Der Gottesdienst wird gegen 10 Uhr beendet sein. Dann habe ich viel Zeit für Sie", antworte ihm der Pater.

Am nächsten Morgen hatte die Sekretärin im Büro der Pfarrei St. Paul gerade den Termin für die Beerdigung eines verstorbenen Gemeindemitglieds entgegengenommen, als an den gegenüberliegenden Türen Bill und Pater Ambrosio fast gleichzeitig eintraten.

„Bitte, kommen Sie zu mir", sagte der Pater und lud Bill in sein Zimmer ein. Seiner Mitarbeiterin im Büro

sagte er, dass er auf keinen Fall gestört werden möchte.
Dann geleitete er Bill in sein Arbeitszimmer. Am Tisch
unter dem Bild mit der Darstellung der Heiligen Familie
nahmen sie beide Platz.

Lange herrschte Schweigen. Pater Ambrosio sah seinem
Besucher an, wie schwer ihm das Sprechen fiel und die
passenden Worte zu finden. Schließlich begann er doch.
„Ich habe schwere Schuld auf mich geladen, übergroße
Schuld. Ich stehe jetzt am Ende meines Lebens. Ich bin
Maler, aber von Woche zu Woche verliere ich mehr von
meinem Augenlicht. Es ist nur eine Frage von wenigen
Monaten, bis ich ganz blind sein werde. Das ist der Fluch
einer Frau, der ich unermessliches Leid zugefügt habe.
Dazu kommt, dass ich kaum noch Luft bekomme. Die
Dämpfe der Lacke, mit denen ich arbeite, haben meine
Lunge schon fast zerstört. Ich bin am Ende. Auf jeden
Fall wird es nicht mehr lange dauern, bis es soweit ist."

„Bill", begann der Pater, „was ist es, was Dich so be-
drückt? Wollen wir doch dem Herrn unsere Schuld be-
kennen."

Bill schaute bei diesen Worten kurz auf, sank aber sofort
wieder in sich zusammen. „Pater, nehmen Sie mir die
Beichte ab", brach es aus ihm heraus.

Die Beichte

Es wurde eine Lebensbeichte, die Bill bei Pater Ambrosio ablegte. Er sprach von seiner Heimat, dem Dorf Löhlitz in Oberfranken. Als gebürtiger Südtiroler hatte der Pater zumindest eine ungefähre Ahnung, wo dieser fränkische Landesteil Bayerns zu suchen war, zumal ihm als Franziskanerpater die Namen der von seinen Ordensbrüdern betreuten Wallfahrtsorte Vierzehnheiligen und Gößweinstein bekannt waren. Von Löhlitz erfuhr er nun durch Bill, dass das ein Dorf war, ganz von Wald umgeben. Der größte Teil seiner Bewohner lebte neben der kleinen Landwirtschaft, die fast zu jedem Anwesen gehörte, von der Arbeit im Wald. Die Dorfgemeinschaft hielt fest zusammen, schottete sich aber von der Außenwelt so weit wie möglich ab. Geheiratet wurde innerhalb der Ortschaft. Kam einmal ein Auswärtiger in das Dorf, weil er ein Auge auf ein Löhlitzer Mädchen geworfen hatte, wurde er regelmäßig von den jungen Burschen der Ortschaft verprügelt. Ausgerechnet dem Wilhelm hatte es aber ein hübsches Mädchen aus einem Dorf auf der anderen Seite des Waldes angetan. Er hatte sich in die Traudl, die Tochter des Zieglersbauern in Kugelau, verschaut.

Bei der Kirchweih in Nankendorf hatte er sich mit einer Maß Bier Mut angetrunken und sich getraut, das Mädchen anzusprechen. „Ich mag Dich, Traudl", hatte er schüchtern herausgebracht. Ihre Antwort: „Ich Dich auch", war für ihn schon fast ein Verlobungsversprechen. Wie auf Wolken war er an diesem Abend heimgegangen und war auch noch in den kommenden Wochen ganz selig. Seine Arbeit als Maler ging ihm wie vorher kaum einmal von der Hand.

Traudl hatte daheim mit ihrer Mutter über diesen Annäherungsversuch gesprochen. Aber da biss sie sofort auf Granit. „Einer aus Löhlitz kommt überhaupt nicht in Frage. Es gibt bei uns genügend andere junge Männer, da brauchen wir keinen aus dem Wald", war ihr erster Kommentar. Jetzt mischte sich auch der Vater ein: „Wir brauchen einen Bauern für den Hof, keinen Anstreicher. Das bisschen Farbe für unsere Stubenwände bringen wir selber hin. Aber für den Feldbau und den Stall brauchen wir einen, der mit dieser Arbeit umgehen kann. Der Maler kommt mir nicht ins Haus. Den kannst Du sofort vergessen." Mit diesen Worten war alles gesagt. Die Traudl wusste, dass sie den Wilhelm aus ihrem Kopf und auch aus ihrem Herzen streichen konnte.

Zu dieser Zeit kam immer wieder einmal der Hans, der Sohn des Schultesenbauern aus Neusig, vorbei. Mit kleinen Aufmerksamkeiten wie Schokolade oder anderen Naschereien warb er um die Sympathie der Traudl. Er war ein fescher Bursch, der einem Mädchen schon gefallen konnte. Weil beim Hans auch kein Widerstand von den Eltern zu erwarten war, freundete sie sich immer mehr mit dem Gedanken an, den Hans zu heiraten. Im Frühjahr 1920 war es dann so weit.

Der Wilhelm hatte diese Entwicklungen ohnmächtig miterleben müssen. Seine Traudl hatte er unwiederbringlich verloren. Manchmal stand er, geschützt durch Büsche, am Waldrand und schaute hinüber zum Zieglershof, wo er nach seiner festen Überzeugung sein Glück gefunden hätte.

Jetzt wollte er es in einem anderen Land suchen. In ihm reifte der Entschluss, nach Amerika auszuwandern, wie es schon viele aus der Gegend getan hatten. Er sammelte Berichte von Auswanderern und träumte von einem Leben fern von Löhlitz, Kugelau und seiner Traudl. Im Lauf des Sommers bereitete er alles vor. Vor der Überfahrt mit dem Dampfschiff über das große Meer fürchtete er sich, aber das musste halt sein. Er hatte von den schweren Herbststürmen auf dem Ozean gelesen. Deshalb wollte er die Reise gegen Sommerende antreten.

Am 22. August wollte er Löhlitz verlassen und am nächsten Tag in Bayreuth mit dem Zug abfahren, um dann in Hamburg mit dem nächsten Dampfschiff nach New York zu reisen. Vorher aber wollte er noch Abschied nehmen von, wie er meinte, seiner Traudl.

Er hatte immer wieder vom Waldrand aus beobachtet, dass sie an jedem Sonntag mit ihrer Mutter nach Waischenfeld in die 7 - Uhr - Frühmesse ging, um anschließend gemeinsam mit ihr das Mittagessen für die Familie vorzubereiten.

Deshalb ging er am Tag der geplanten Abreise am Sonntagmorgen durch den Wald nach Kugelau, um sich von der Traudl für immer zu verabschieden, aber auch, um ihrer Mutter noch einmal richtig die Meinung zu sagen. Sie mit ihrer unnachgiebigen Haltung gegenüber seiner Person war für ihn die Hauptschuldige für sein Drama mit der vergeblichen Liebe. Gegen 9 Uhr stand er vor dem Haus. Kuni, die Mutter, sah ihn kommen und hängte arglos den Hofhund kurz an die Kette, damit er gefahrlos das Haus betreten konnte.

Er war unhöflich. „Wo ist die Traudl?" herrschte er die Bäuerin in der Küche an. „Die ist mit den Männern in der Ganzkirche." So bezeichnete man damals das Sonntagspfarramt um 9 Uhr. „Das glaub ich nicht. Die hat sich vor mir versteckt. Die geht immer mit Dir in die Frühmesse." „Heute nicht. Wir haben ein krankes Kalb, es ist aufgebläht. Die Traudl hat einen Kümmeltee kochen müssen. Den hat sie dann dem Kalb mit der Flasche eingegeben. Das geht nicht so schnell. Deshalb ist sie zur Frühmesse nicht mehr fertig geworden und mit den Männern in die Kirche gegangen." Wilhelm kochte vor Wut. „Du bist schuld, dass es mit uns nichts geworden ist, nur Du. Und jetzt lässt Du mir nicht einmal „Ade" zu ihr sagen. Ich geh zu ihr. Die ist droben in der Schlafstube."

Er wollte zur Treppe gehen, aber die Kuni stellte sich ihm in den Weg. „Da hast Du nichts zu suchen", fuhr sie ihn an. Da wollte er sie zur Seite drängen, aber sie war kräftig und wusste sich zu wehren. Er packte sie am Hals und wollte sich mit Gewalt Zugang zu seiner Traudl verschaffen. Aber die Bäuerin riss sich los und bekam das auf dem Küchentisch liegende Messer zu fassen, mit dem sie vom eingelegten Salzfleisch ein Stück für den

Mittagsbraten abschneiden wollte. Damit ging sie auf den Wilhelm los. Der wich zuerst zurück, bekam aber dann doch die Hand der Bäuerin zu fassen, drehte das Messer gegen sie und stach es ihr in seiner grenzenlosen Wut in den Hals. Augenblicklich fiel sie um und blieb auf dem Flur vor der Haustüre liegen. Sofort bildete sich um sie eine immer größer werdende Blutlache.

Er stand wie versteinert da, als er sah, was er angerichtet hatte. Mit durchschnittener Kehle lag sie tot vor ihm. Ihn packte Entsetzen, Panik überkam ihn. Sein Amerika – Plan von einem neuen Leben war damit wohl erledigt. Dann aber begann er ganz kühl zu denken. Es kam ihm in den Kopf, dass beim Ziegler dem Gerede der Leute nach auch schon Geschäfte mit nicht ganz sauberen Partnern abgewickelt worden waren. Da sah er plötzlich eine Chance. Es musste nach einem Raubmord ausschauen, was hier abgelaufen war.

Neben dem Herd lag eine Axt, mit der man die groben Holzscheite zum Feuermachen aufspaltete. Mit dieser schlug er auf die Truhe im Hausflur ein. Der Deckel zersplitterte. Er fand Bargeld, dazu ein paar Ringe, Broschen und anderen Schmuck. Das stopfte er in seine Taschen. Dann sah er im offenen Schornstein über dem Küchenherd einige Stücke geräuchertes Fleisch hängen. Die steckte er in einen Rucksack, der an der Küchentür hing, und verließ schleunigst das Haus.

Er überquerte den Weg neben dem Feldkreuz und stieg dann in den nahen Zeubach, um seine Spuren zu vernichten. Etwa dreißig bis vierzig Meter lief er im Bachbett abwärts im um diese Jahreszeit gar nicht kalten Wasser und verschwand dann im nahen Wald.

Ungesehen kam er nach Löhlitz, wo alle wussten, dass er unmittelbar vor der Abreise nach Amerika stand. Deshalb erregte er keinen Verdacht, als er sich auf den Weg nach Bayreuth machte. Von dort fuhr er aber nicht nach Hamburg, wo er genauere Kontrollen bei der Ausreise befürchtete, sondern nach Amsterdam. Dort nahm er unerkannt Abschied von Europa und fand in Amerika in Milwaukee seine neue Heimat.

„Pater, ich habe so große Schuld auf mich geladen. Ich war außer mir, als ich das getan habe. Das kann aber meine Tat nicht entschuldigen. Ich bereue alles aus tiefstem Herzen, vor allem wegen der Traudl, der ich die Mutter genommen habe. Ich begebe mich in die Hand Gottes."

Pater Ambrosio musste nach diesem Geständnis erst einmal tief durchatmen. Eine solche Beichte hatte er noch nie abnehmen müssen. Gefasst sprach er dann: „Bill, Du weißt, dass Du schwer gesündigt hast. Du weißt auch, dass Du das nie mehr gut machen kannst. Ich habe aber bei Deinem Bekenntnis gespürt, dass Du diese Tat aus tiefstem Grund Deines Herzens bereust. Ich breche nicht den Stab über Dir, ich übergebe Dich der Barmherzigkeit Gottes. Überlege Dir, ob Du den Angehörigen der Getöteten ein Zeichen Deiner Reue und Deines guten

Willen zukommen lassen kannst. Mir hat der Herr im Himmel durch den Bischof, der mir die Weihe erteilt hat, die Vollmacht erteilt, Dich in seinem Namen von Deinen Sünden loszusprechen. Deshalb sage ich in Seinem Auftrag: Deinde ego te absolvo a peccatis tuis in nomine Patris et Filii et Spiritus Sancti. Amen. Laudetur Jesus Christus."

Wie benommen erhob sich Bill, dankte dem Pater und ging heim, um zu tun, was er meinte, noch tun zu können.

Es vergingen nur etwa drei Wochen, da stand Pater Ambrosio im schwarzen Ornat auf dem Friedhof von Milwaukee am Grab von Bill. Er sprach die Totengebete und segnete seinen Sarg. Eine kleine Gruppe der bayerischen Gemeinde gab dem Bill das letzte Geleit, aber niemand weinte ihm nach.

November 1927

In Kugelau saßen sie am Tisch neben dem warmen Kachelofen zusammen, der alte Ziegler und die beiden jungen, der Hans und die Traudl. Auf dem Boden spielten die Kinder, die Kuni, 1921 geboren und auf den Namen der verstorbenen Großmutter getauft, und der zwei Jahre jüngere Fritz. Alles schien friedlich, aber es lag eine eigenartige Spannung in der Luft. Die drei Erwachsenen waren total aufgewühlt. Am Nachmittag war der Postbote vorbeigekommen, der Kurler aus Waischenfeld. „Einen Brief hab ich heut für Euch, wie ich noch keinen ausgetragen habe. Aus Amerika kommt er, ein Haufen Briefmarken klebt darauf und ich muss Euch unterschreiben lassen, dass ich ihn auch abgeliefert habe. Eine Beleidigung ist das, als ob ich das nicht immer täte", war sein Kommentar zu seiner Lieferung. Traudl bestätigte den Empfang des Briefes mit ihrer Unterschrift.

Als die Männer von der Arbeit im Wald heimgekommen waren, öffneten sie gemeinsam den Umschlag. Darin befand sich ein kurzer Brief und ein Scheck. Einen solchen hatten sie noch nie gesehen, geschweige denn in Händen gehalten. Sie betrachteten ihn auch mit gebührendem Misstrauen. Der Brief bestand nur aus wenigen Zeilen: „Ich bereue tief, dass ich bei Euch einen Mord begangen habe. Der Herrgott hat mich dafür bestraft. Ich bin fast blind und habe nur noch wenige Wochen zu leben. Was ich Euch angetan habe, kann ich nicht mehr gut machen. Aber nehmt, was ich erspart habe. Wilhelm aus Löhlitz."

Der Traudl hatte es einen Stich im Innersten gegeben, als sie das gelesen hatte. Auch sie konnte nichts mehr ändern. Jetzt beratschlagten sie, wie sie mit dem Scheck über 3 000 Dollar umgehen sollten. Der alte Ziegler meinte, das Geld könnten sie für den notwendigen Umbau des Kuhstalls sehr gut brauchen. Hans und Traudl aber waren sich einig, dass sie kein Geld haben wollten, an dem Blut klebe. Schließlich verständigten sie sich darauf, den Scheck den Schwestern im Elisabethenheim in Waischenfeld zu geben. Sie wollten damit die so verdienstvolle Arbeit der Schwestern bei der Pflege und Betreuung von Kranken in der ganzen Pfarrei unterstützen.

Dort war der unerwartete Geldsegen auch wirklich gut angelegt. Als Erstes kauften sie für Schwester Benigna ein Fahrrad. Sie war in der Stadt Waischenfeld und in den Ortschaften der Pfarrei als Krankenschwester tätig. Mit dem neuen Rad konnte sie die oft recht weiten Wege viel schneller zurücklegen und so ihre verdienstvolle Arbeit für Alte und Kranke noch weiter ausbauen. Die junge Nonne, mit wehendem Schleier flott auf dem Fahrrad unterwegs, gehörte schon bald zum gewohnten Straßenbild in und um Waischenfeld.

Die Ziegler haben nicht daran gedacht, die Waischenfelder Gendarmen oder die Bayreuther Kriminalpolizei vom Brief aus Amerika zu informieren. So landete die Akte „Kugelau" schließlich bei den unerledigten und ungelösten Fällen. Eines Tages ist sie wohl in eine Ablage gewandert.

Eine Nachfrage beim Polizeipräsidium Oberfranken in Bayreuth ergab nur, dass keine Unterlagen zu diesem bis heute mysteriösen Fall vorhanden sind.

Wie es weitergegangen ist

Auch beim Ziegler hat die Zeit die Wunden geheilt, wie es das Sprichwort lehrt. Der Ziegler und seine Tochter mit dem Hans sind zeitlebens mit dem Geschehen vom August 1920 nicht fertig geworden. Das Bild von der Zieglerin in ihrem Blut hatte sich zu tief in sie eingegraben. Aber das Leben auf dem Hof musste weitergehen.

Die Traudl und der Hans waren tüchtige Bauersleute. Die Feldbestände und das Vieh im Stall konnten sich in der ganzen Gemeinde sehen lassen. Das Bauernjahr bestimmte das Leben in der Familie. 1929 kamen Kuni und 1930 der Fritz in die Schule. Der lange Schulweg von der Kugelau bis Waischenfeld erforderte fast eine Stunde. Zweimal in der Woche, immer wenn der Pfarrer Religionsunterricht gab, mussten sie vor der Schule noch die Messe besuchen. Das hieß, dass sie schon um sechs Uhr mit dem Schulranzen auf dem Rücken von daheim fortgehen mussten, auch im Winter, wenn es noch stockdunkel war. Aber so war es halt, beklagt haben sie sich nicht. Nach dem Schulabschluss arbeiteten beide daheim im Haushalt und in der Landwirtschaft kräftig mit, denn so konnte der Lohn für Dienstboten eingespart werden. Dann kam der Krieg. Fritz wurde zum Kriegsdienst eingezogen. 1944 kam die erschütternde Nachricht, dass er im Osten gefallen war.

Eigentlich hätte der Fritz der nächste Zieglersbauer werden sollen. Das kam nun auf die Kuni zu. Mit dem schönen Hof war sie bei vielen jungen Männern begehrt. Sie heiratete den Johann aus Hannberg. Alles schien wieder seinen geordneten Lauf zu nehmen, zumal die Ehe mit vier Kindern, drei Mädchen und einem Buben, gesegnet war. Doch viel zu früh verstarb Johann und die Kuni musste für den Fortbestand der Landwirtschaft und für ihre Kinder allein sorgen. Aber auch mit diesen Schwierigkeiten ist sie fertig geworden. Ihre Töchter sind in Hannberg, Volsbach und Büchenbach verheiratet. Ihr Sohn, der Fritz, führt heute noch den Hof als der letzte Milchbauer im Zeubachtal.

Immer wieder einmal sitzen der Fritz und ich bei einem Bier zusammen, meistens beim Heckel in Waischenfeld. Dabei ergibt sich, dass wir auch das Thema vom Mord an seiner Urgroßmutter ansprechen. Was er davon noch aus Berichten von seinen Eltern und Großeltern weiß, hat er mir erzählt. Was ich an Ergebnissen meiner Forschungen aus alten Zeitungen, Akten und Pfarrbüchern zusammengetragen habe, weiß er. Es ist nicht viel, was wir konkret wissen. Die Geschichten, die mir neben den bekannten Fakten zu diesem Kriminalfall in den Sinn gekommen sind und die ich in diesem Buch niedergeschrieben habe, haben ihm gefallen. Als er das Manuskript gelesen hatte, hat er mir sein Einverständnis erklärt und gesagt, dass er mir dafür eine Maß Bier zahlt. Kein anderes Autorenhonorar hätte mich mehr gefreut.

Schlusswort

Im Sommer 2015 bin ich beim Bayreuther Markttag zwischen den Ständen herumspaziert und habe die angebotenen Waren betrachtet. Schließlich habe ich mich auf eine Bierbank vor dem „Porsch" gesetzt und ein Bier vom Stöckel getrunken. Ich hatte neben einem etwa gleichaltrigen Mann einen Platz gefunden. Schnell hat sich mit ihm ein Gespräch ergeben.

Wie man halt so redet, ging es zuerst um das Wetter, die Qualität der verschiedenen Biere, wo es die besten Bratwürste gibt und schließlich über unsere schöne oberfränkische Heimat.

Er sei ein gebürtiger Bayreuther, hat er mir erzählt. Natürlich wollte er dann auch wissen, woher ich käme. Ich erzählte ihm, dass es mich beruflich vor über 40 Jahren nach München verschlagen hätte, dass ich jedoch seit meiner Pensionierung wieder viel in meiner alten Heimat sei. Geboren sei ich in Zeubach, jetzt verbrächte ich viel Zeit in Waischenfeld.

Bei der Erwähnung dieser Orte fragte mein Gesprächspartner: „Da liegt doch auch Kugelau ganz in der Nähe?"

„Ja, aber woher kennen Sie denn ausgerechnet die kleinste Ortschaft bei uns mit kaum 20 Einwohnern", wollte ich wissen.

„Selbst kenne ich den Ort nicht, aber ich habe schon viel davon gehört", sagte er zu meiner Verwunderung.

Auf meine erstaunte Frage erzählte er mir dann von seinem Großvater. Der sei 1938 in den Ruhestand getreten und habe dann in seiner nun reichlich vorhandenen Freizeit seinen Enkeln, also ihm und seinen Geschwistern, viel zu erzählen gehabt. Das sei immer ganz spannend gewesen, denn der Großvater war bei der Kriminalpolizei und seine Geschichten waren Erlebnisse aus seinem Berufsleben.

Immer wieder, so mein Gesprächspartner, habe der Großvater auch Kugelau erwähnt, wo 1920 eine Bäuerin ermordet worden sei und er dieses Verbrechen nie habe aufklären können.

„Uns Kindern hat er immer gesagt, dass es keinen Kriminaler auf der Welt gibt, der alle seine Fälle lösen kann. Einbruch, Raub oder Diebstahl, das sind Verbrechen, deren Täter immer wieder einmal ungestraft davonkommen. Aber in den Ruhestand zu gehen und zu wissen, dass ein Mörder frei herumläuft, das ist eine Belastung auch über das Dienstzeitende hinaus", zitierte er abschließend seinen Großvater.

„Dann könnte es sein, dass Sie Lederer heißen", habe ich geantwortet.

Jetzt war es an ihm, mich mit großen Augen anzustarren und zu fragen, wie ich denn darauf käme, denn sein Name war Lederer.

Ich habe ihm von meinen Nachforschungen über den Sonntagsmord von Kugelau und von meinem geplanten Buch erzählt.

„An Eines erinnere ich mich noch", hat er noch angefügt, „mein Großvater war fest davon überzeugt, dass der Mörder ein Herumstreuner war, der die Bäuerin umgebracht hat, um an Geld, Wertsachen und Lebensmittel heranzukommen. Er war überzeugt, dass sich der Mörder bereits mit dem Zug von Bayreuth aus in Sicherheit gebracht hatte, als die Polizei mit ihrer Fahndungsmeldung herauskam. Aber schneller sei es mit den damaligen Möglichkeiten einfach nicht gegangen."

Vielleicht hatte Kriminalhauptkommissar Lederer doch Recht und ich liege mit meiner Version falsch.

Wer weiß?

Und so bleibt der Sonntagsmord in Kugelau ungelöst und ungesühnt.

Danksagung

Beim Schreiben dieses Buches habe ich vielfache Unterstützung erfahren und so manch guten Rat bekommen. Wenn ich einmal nicht mehr weiter kam, wurde ich immer wieder aufgemuntert. Dafür sagen ich allen, die sich betroffen fühlen, meinen herzlichen Dank.

Namentlich müssen aber einige Personen genannt werden:
- der Fritz vom Zieglershof, der mir alles, was er aus Erzählungen seiner Eltern und Großeltern wusste, mitgeteilt hat;
- der Lorz, der mir aus seinem reichen Fundus über die Geschichte unserer Gemeinde seine Materialien zur Verfügung gestellt hat;
- der Otto, der mir Zugang zu Informationen über die Polizeiarbeit vor 100 Jahren verschaffte;
- die Elisabeth für die laufende kritische Durchsicht meiner Texte.

Ohne Eure Unterstützung wäre dieses Buch - teilweise Dokumentation, teilweise meiner Phantasie entsprungen - nicht zustande gekommen. Gewissermaßen habt Ihr Euch so mitschuldig gemacht.

Auf jeden Fall: Herzlichen Dank!

Der Autor

Anton Adelhardt wurde 1940 in Zeubach geboren. Nach dem Abitur in Bamberg studierte er Agrarwissenschaften in Weihenstephan. Die meiste Zeit seines Berufslebens arbeitete er im Landwirtschaftsministerium in München, wo er 2005 als Amtschef in Pension ging. Auch dort hat er die Beziehung zu seiner Heimat immer aufrecht erhalten. Im Ruhestand verbringt er einen großen Teil seiner Zeit in seiner Heimatstadt Waischenfeld, spielt dort am Sonntag in der Kirche die Orgel und bringt sich aktiv in das Stadtgeschehen mit ein, so ganz besonders im abgelaufenen Jubiläumsjahr zur 700 – Jahr – Feier der Stadterhebung. Sonst genießt er die landschaftliche Schönheit der Fränkischen Schweiz, ist dem guten Bier aus den heimischen Brauereien und den hervorragenden Bratwürsten nicht abgeneigt und widmet sich den Erinnerungen an vergangene Zeiten.